'A CICATRIZ INVISÍVEL'

'A CICATRIZ INVISÍVEL'

Júlio Ricardo da Rosa

1ª Edição

Porto Alegre
2020

Copyright ©2020 Júlio Ricardo da Rosa.

Todos os direitos dessa edição reservados à AVEC Editora.

Nenhuma parte desta publicação poderá ser reproduzida, seja por meios mecânicos, eletrônicos ou em cópia reprográfica, sem a autorização prévia da editora.

Editor: Artur Vecchi
Organização: Cesar Alcázar
Diagramação: Bethânia Helder
Foto da capa: Antonio Mainieri
Revisão: Camila Villalba

Dados Internacionais de catalogação na Publicação (CIP)
(Câmara Brasileira do Livro, SP, Brasil)

R 788

Rosa, Júlio Ricardo da
A cicatriz invisível / Júlio Ricardo da Rosa. – Porto Alegre : Avec, 2020.

ISBN: 978-65-86099-61-4

1. Ficção brasileira   I. Título

CDD 869.93

Índice para catálogo sistemático:
1.Ficção : Literatura brasileira 869.93

1ª edição, 2020
Impresso no Brasil/ Printed in Brazil

AVEC Editora
Caixa Postal 7501
CEP 90430-970 – Porto Alegre – RS
contato@aveceditora.com.br
www.aveceditora.com.br
Twitter: @aveceditora
Instagram: /aveceditora
Facebook: /aveceditora

Este livro é dedicado à memória de Ronaldo Vadson Schwantes. Amigo querido, o irmão que nunca tive, e às vezes pai.

APRESENTAÇÃO

O leitor assemelha-se, em certa medida, com o torcedor de um time de futebol. Ele deposita suas esperanças naquela obra que tem em mãos como o torcedor entrega seu coração aos jogadores à espera de uma vitória. Pois este novo romance de Júlio Ricardo da Rosa é uma aposta certeira para o leitor em busca de um grande livro

O futebol é o pano de fundo diante do qual o autor constrói uma obra de suspense como apenas grandes escritores alcançam engendrar. Assim como no esporte mais popular do Brasil, o autor apresenta uma narrativa rápida, dinâmica – por vezes estratégica –, à semelhança dos grandes treinadores. Em sua escrita noir, cuja característica mais fascinante é, justamente, estabelecer o jogo entre a ocultação e a revelação, Júlio Ricardo da Rosa vai batendo bola com o leitor, armando sua jogada: por vezes, a bola está conosco e, de repente, volta para ele... Assim, como nos bons romances de mistério, a história vai crescendo e ganhando corpo, numa disputa de vida ou morte, permeada por luxúria e imoralidades.

Júlio Ricardo da Rosa não é neófito nos campos da Literatura: muito confortável com o gênero romance, ele apresenta-nos um irmão digno de sua filiação junto aos seus antecessores, que deram ao autor a boa reputação entre seus pares e um lugar merecido entre os melhores romancistas do Rio Grande do Sul, onde foi finalista do Prêmio Açorianos de Literatura. Pode-se esperar para este livro o mesmo sucesso.

A trama constrói-se através de um jogo de sedução que vai aumentando e esquentando como nas boas partidas de futebol. A narrativa flutua entre os encontros furtivos e eróticos do protagonista e o seu desempenho como jornalista esportivo. As personagens, em suas vidas desregradas, circulando em cenários densos, por vezes indecentes, que fazem contraponto às táticas dos grandes dirigentes, cuja palavra de ordem é negociação, estratégia e jogo limpo. O leitor é levado a vivenciar de perto as artimanhas dos bastidores, os tratados feitos para manter o divertimento das massas e o glamour dos grandes campeonatos – nem sempre tão limpos assim, quase invariavelmente sustentados pelo dinheiro do tráfico ou de outras transações ilícitas. O autor apresenta-nos seu mundo de segredos e esquemas escusos em um texto recheado de metáforas, no qual as personagens agem como grandes atacantes – com chutes ora colocados, ora violentos – ora estratégicos –, deixando pequenas marcas ou cicatrizes que vão além dos braços e pernas, que atingem a alma.

A história traz a malandragem dos campos, a malícia do jogo, no qual, em meio a tantas coisas tortas, Júlio Ricardo da Rosa dribla as expectativas do leitor com a habilidade única de um Mané Garrincha. O leitor pode esperar por um final surpreendente, já que o jogo termina apenas aos quarenta e cinco minutos do segundo tempo... Afinal, estamos diante de uma obra capaz de despertar no leitor a mesma paixão de uma boa final de campeonato. E este livro é um gol de placa do experiente escritor, uma obra digna de um mestre.

Carina Luft
Escritora

SUMÁRIO

SOBRE ILUSÕES, CRAQUES E BLEFES..................................15

A MÁ CONSELHEIRA..................................45

A MORTE DO GRANDE HOMEM..................................82

UM JOGO DE RESULTADOS..................................102

OSÓRIO GUIMARÃES INVESTIGA..................................104

CENTROAVANTES..................................131

FANTOCHES DO DESTINO..................................133

AS NOVIDADES DO FRONT..................................155

Não se trata de um herói, e, sim, de um agente que age de forma irracional diante da violência que sofre, seja a física, causada por elementos pertencentes ao mundo chamado civilizado, seja aquela causada pelas agressões emocionais, causadoras de cicatrizes invisíveis, as mais difíceis de serem removidas.

Hélio Nascimento

SOBRE ILUSÕES, CRAQUES E BLEFES

Há cicatrizes que somente quem sentiu a dor da ferida pode enxergar. Elas surgem à noite, remoendo lembranças que preferimos esquecer, fazendo brilhar sua marca. Provocam o riso amargo dos sobreviventes, o remorso pelos atos vis, a dor do gesto traiçoeiro. Rever seu traço é atormentar-se novamente, é experimentar outra vez o terror do sangue que jorra, do sofrimento não identificado. O trágico é que não percebemos o golpe nos alcançando. A defesa se torna impossível, e a boa sorte fica resumida a ele não ser fatídico. A mutilação pode ser física ou emocional, e sair ileso é improvável. A lembrança torturante de sua dor ficará para sempre, um legado impresso em nossa memória, marcado em brasa pela dor ou pela vergonha.

Eu ignorava estas sentenças ao reencontrar Marta Regina. Minha vida seria diferente se, ao menos, desconfiasse que o golpe se aproximava. Eram dias em que eu podia desprezar minha boa sorte e tratar com sarcasmo os feitos que realizara, simplesmente por não serem o que eu idealizara na juventude. Pertencia ao universo dos grandes es-

A CICATRIZ INVISÍVEL

tádios, e meus leitores estavam entre as trinta ou quarenta mil almas que frequentam os jogos de futebol a cada fim de semana. Eu era um dos cronistas esportivos mais afamados da cidade e minhas colunas provocavam debates. Defensores e detratores alimentavam minha notoriedade, e eu me nutria deles para ser, ao mesmo tempo, impessoal e ardoroso em meus comentários. Não há verdade que não possa ser contestada, nem mentira que não se consiga provar. É assim na vida e no futebol.

Nos reencontramos na escadaria que levava aos camarotes e às cabines de imprensa do estádio. Ela pouco mudara, ou ao menos foi a maneira como a enxerguei. Vestia a camiseta do seu time do coração, as cores ressaltando o cabelo cor de palha que descia pelos ombros, o caminhar no ritmo certo. Hesitamos um momento, mas ela sorriu e veio na minha direção. Durante aquela aproximação, o tumulto ao redor sucumbiu ante as recordações que se sucederam com enorme rapidez. E, dentre elas, ressurgiram as feições desbotadas de João Antônio, meu melhor amigo dos primeiros anos de adolescência e eterno namorado de Marta. Era uma tarde de maio, o sol de outono enfraquecendo pouco a pouco, o brilho cada vez mais curto em seu caminho para as longas noites do inverno. Foi uma coincidência ou simplesmente o Destino jogando as cartas à espera de que alguém comprasse seu blefe? Os planos já estavam armados ou a ocasião serviu de inspiração repentina? Nenhuma dessas dúvidas me assaltou naquele momento. A visão da mulher se aproximando trouxe de volta a figura da jovem que eu tanto desejara na juventude. Marta parou a alguns passos de onde eu estava e disse:

— Meu Deus, há quanto tempo! Leio sempre as tuas colunas nas segundas e sextas-feiras.

Eram os dias que meus escritos saíam no jornal. Na segunda, um comentário sobre os jogos do fim de semana; na sexta, meu ponto de vista a respeito de um fato ou uma crítica sobre a preparação dos times para a rodada e, eventualmente, uma reflexão acerca do comportamento tático das equipes. Este é um tema que sempre agrada aos leitores. O segredo é falar sobre ele sem afetação, sem o tom didático que é a tendência nesse tipo de assunto. Além disso, eu tinha um espaço diário no rádio, próximo ao meio-dia, e participava duas vezes por mês de um programa de debates na televisão.

— Nunca te imaginei um cronista esportivo. Sempre pensei que tu ia ser um escritor ou um roteirista de cinema.

O que responder? Explicar quais eram os planos originais? Contar como um sujeito que pouco se importava com o futebol na juventude tornou-se um cronista lido e ouvido?

— E eu nunca te imaginei uma torcedora uniformizada — repliquei.

Meus colegas na escola haviam escolhido uma profissão bem antes do último ano do segundo grau. Eu, por outro lado, queria apenas escrever. Mas necessitava de um trabalho que garantisse a sobrevivência até a chegada da consagração. O jornalismo foi um caminho natural. Meu objetivo era as páginas culturais, o cinema, a crítica literária, os comentários sobre os discos recém-lançados. Como prêmio pelas minhas ambições, acabei no setor de turfe. O menor e menos valorizado do jornal. Um espaço semanal encurralado num canto do caderno de esportes.

Marta Regina era uma das melhores alunas da classe, sonhava em seguir o curso de Medicina e ninguém duvidava que ela seria aprovada no vestibular. No ano

A CICATRIZ INVISÍVEL

seguinte, iniciei o primeiro semestre de faculdade de Jornalismo, e Marta e João Antônio tornaram-se apenas uma lembrança.

— Com o passar do tempo tomei gosto por vir ao estádio — disse Marta.

João também era um aluno destacado, um jogador de futebol habilidoso e um sujeito do qual todos gostavam. Ele e Marta faziam o par perfeito. Começaram a namorar nos primeiros dias do curso de segundo grau e estavam sempre juntos. João me confessara que não imaginava a vida sem Marta e que já haviam falado em casamento. Meu ponto de contato com meu melhor amigo era a música. Dividíamos os mesmos gostos e, embora João não fosse um leitor compulsivo como eu, gostava de me ouvir falar de livros. Foi a ele que mostrei o primeiro conto que escrevi. Confessei meus planos e detalhei como utilizaria o jornalismo para atingir meus objetivos. Ele sorriu, me apoiava, para depois falar da profissão que escolhera: engenheiro mecânico.

— Para mim é uma exigência profissional. Nos jogos mais importantes fora de Porto Alegre, insisto em viajar para assistir a partida ao vivo. Nenhuma transmissão é capaz de capturar o clima do jogo, o momento único onde tudo se decide — falei, tentando camuflar o nervosismo que a presença de Marta me impunha.

— Parece que estou lendo uma das tuas crônicas — disse Marta sorrindo, a expressão fazendo os olhos azuis brilharem ainda mais, as tímidas rugas de expressão mostrando que o tempo passava lentamente para aquela beleza serena.

A realização de uma Copa de Mundo esvaziou a redação e me proporcionou a chance de escrever sobre futebol. Realizei a cobertura de um jogo amistoso entre os dois grandes clubes da cidade e comparei o futebol ao turfe e ao cinema. Os editores gostaram e me tornei setorista. Convivi com o dia a dia dos jogadores, dos dirigentes e dos funcionários. Vi os empresários se tornarem cada vez mais poderosos, acompanhei os conchavos políticos, as ambições pessoais superarem o amor ao esporte, ao clube e, muitas vezes, causarem a ruína de ambos. Sobre esses temas escrevi sempre que possível. Mas existem revelações que não são bem-vindas. A corrupção só deve ser denunciada quando for notória, e os corruptos só podem ser caçados no momento em que estiverem prontos para cair. A indústria de notícias também necessita sobreviver. Foram anos de coberturas, de textos anônimos, até a oportunidade de escrever uma coluna surgir.

— Acho que é deformação do hábito. De tanto trabalhar uma maneira de escrever, terminei adaptando minha fala a ela.

Meus pais eram funcionários públicos e vivíamos em um bairro da parte norte da cidade. Completei o ensino fundamental em uma escola pública e fiz o segundo grau em um colégio particular graças a uma bolsa de estudos. Nessa época, conheci João Antônio e Marta. Eu não era exatamente popular na escola e tinha um relacionamento formal com todos os colegas. João Antônio era a excessão. Isso não me importava. Meus amigos eram os livros; os companheiros, as histórias que eles contavam. Não tinha dúvidas sobre essa opção de vida. Mas naqueles dias não me perguntava se a vida acolheria meus sonhos, se trilhava o caminho correto, ou seria apenas mais uma promessa irrealizada, como veria acontecer tantas vezes no futebol.

— Agora, sim, tu tá falando como o cara que conheci. Mas olha, foi muito bom te rever. Podíamos nos encontrar para colocarmos a conversa em dia. O que tu

A CICATRIZ INVISÍVEL

acha?

Não hesitei. Entreguei a ela um cartão com o telefone do jornal e anotei seu e-mail. Foi preciso muito tempo para que eu questionasse aquela espontaneidade. Na escola, pouco falávamos. Eu não fazia parte do círculo de Marta, que se restringia aos que se vestiam melhor, frequentavam lugares da moda e eram bonitos. Ela me tolerava devido à amizade com João Antônio. Eu a evitava. Não estava apaixonado, não me permitiria isso. Era a namorada do meu único amigo, mas o desejo que sentia por ela virara um tormento. Marta era alta, magra na proporção correta, os seios fartos querendo libertar-se das roupas, o sorriso revelando que sabia que era desejada e o quanto isso lhe agradava.

— Eu também gostei muito de te rever, Marta.

— Agora preciso ir. Meu marido faz parte da diretoria e sempre assistimos às partidas juntos.

Marta e João não haviam se casado! Lembro que torciam para times diferentes. O que acontecera? E meu amigo? Que rumo tomara? Lamentei ser tão egoísta, tão obcecado por meus objetivos e ter abandonado a única amizade verdadeira que tive na vida. Quanto eu ignorava naqueles dias? A marca ainda não estava impressa, faltavam o golpe e o ferimento, a dor amainando sem nunca cessar, para que a lucidez se tornasse minha companheira. O tempo levava amigos e inimigos, e as pessoas mudam somente para pior, como eu logo descobriria.

Observei Marta sumir pelo corredor e mais uma vez admirei aquele corpo esbelto que se deslocava com uma sensualidade natural.

Voltei para a cabine e me sentei ao lado do narrador e do comentarista da partida. O plantão do estúdio informava os resultados parciais da rodada e ambos sugavam uma xícara de café. A fugida para fumar um cigarro no corredor era rigorosamente cronometrada entre eles. Em breve o jogo reiniciaria, ocupando os próximos cinquenta minutos de suas vidas. Arquibancadas e cadeiras estavam vazias, desprezadas pelas torcidas. Era o momento de lanches e bebidas, de idas aos banheiros, de comentários raivosos ou eufóricos sobre o primeiro tempo. E o que viria a seguir era tensão constante. No futebol o mérito se submete ao resultado. A vida não é muito diferente.

Raros jornalistas têm estilo. O essencial é possuir um bordão, ou um tema recorrente que desemboque no assunto no qual se é especialista. Vale para o repórter policial e para o comentarista de música erudita. Foi essa descoberta que abriu minha ascensão no universo esportivo. E, como todos os caminhos que a vida escolhe à nossa revelia, ele apareceu por acaso, sem que eu percebesse.

Acompanhava uma disputa, fazia anotações sobre jogadas e lances de gol quando o narrador chamou meu nome e anunciou minha opinião. Olhei para o lado e vi que o comentarista desaparecera. Então iniciei:

— O futebol não é para ingênuos. Quem pensa que este jogo vai terminar empatado vai ter uma surpresa.

O comentarista sofrera uma crise de tosse, precisou deixar a cabine e o narrador resolveu pedir a minha opinião. Foi assim que tudo começou. Na semana seguinte, assinei minha primeira coluna sobre futebol, que se iniciava com aquela frase.

O futebol não é para ingênuos... A vida muito menos. O trágico é que ninguém possui consciência da própria ingenuidade e, no momento em que a descobrimos, o pior já aconteceu. A cura se dá com o surgimento da cicatriz. Isso eu descobri muito tempo depois.

Escrevi minha primeira história aos nove anos. Uma

A CICATRIZ INVISÍVEL

peça para o teatro de marionetes. Não consegui mais parar. Confesso que esta é a primeira vez que exerço a memorialística e, como não pretendo editar minha obra, fico a salvo de um processo e livre de indiscrições, apesar dos acontecimentos narrados serem verdadeiros e facilmente prováveis.

Sempre fui um leitor compulsivo, mas minha paixão eram as histórias policiais e de aventura. Desconheço o motivo de não ter investido nesses gêneros. Minhas narrativas vinham repletas de erotismo em qualquer trama que desenvolvesse. E, claro, muitas das minhas personagens femininas possuíam traços de Marta Regina.

O mais próximo de uma namorada que tive foi uma colega de escola chamada Clara. Como eu, ela era uma leitora incansável, mas estava decidida seguir a profissão dos pais e tornar-se advogada. Não era especialmente bonita, mas tinhas formas harmônicas e sensuais. Certa vez, no bar da escola, ela contemplou Marta Regina e cochichou:

— Não gosto daquela guria. Nunca me fez nada, mas tem algo mau nela. Duvido que faça alguma coisa sem segundas intenções.

Não dei atenção, julgando que Clara sentia ciúmes. Marta Regina, além de bela, era simpática e inteligente, mas minha quase namorada tinha razão. Pena eu ter me dado conta tarde demais.

As colunas que escrevi ganharam leitores e a editoria me sacou da reportagem. No início, senti falta da liberdade que o repórter desfruta, dos contatos que faz no dia a dia, dos segredos que descobre, das revelações que lhe confiam.

Foi por isso eu continuei frequentando treinos, conversando com jogadores, treinadores e todos os envolvidos no jogo em si. Nunca fui íntimo de dirigentes. Um colega dizia que eles eram um mal necessário, pensamento que sempre rechacei. Serve apenas para acomodar vilanias e cultivar monstruosidades. E os mandatários dos clubes são uma classe especial de vilões. Se algum deles se envolve com o esporte por paixão, ela logo se transforma em sede de poder ou em vaidade. Se declaram campeões sem jamais derramarem uma gota de suor, sem nunca terem chutado uma bola e, não raro, misturam seus negócios aos do clube para tirarem vantagens. Os raros que possuem algum valor só chegam ao poder em momentos de crise e, abnegados, reorganizam as estruturas de sua paixão muitas vezes com rigidez e medidas austeras, angariando desafetos e inimizades. Perdem a eleição seguinte, deixando o ninho pronto para que a nova ave de rapina pouse. Certa vez propus ao meu editor uma série de matérias sobre o tema, mas a direção do jornal vetou a publicação. Era um assunto espinhoso e ruim para os negócios. Para eles, alguns males também eram necessários.

— Alô, eu poderia falar com o...

A voz de Marta Regina me paralisou. Eu estava na redação, um ambiente silencioso e inodoro, após o banimento das máquinas de escrever em favor dos computadores e da proibição do tabaco. As conversas eram sussurradas e, ainda assim, seus sigilos eram mínimos. Redações de jornais são ambientes competitivos: fontes confiáveis são tesouros, e furos podem significar ascensão profissional ou uma mudança de imagem, algo ainda mais importante para um jornalista em busca de espaço, principalmente se, para obtê-lo, ele, de alguma maneira, superar um nome conhecido, como era o meu caso. Não queria meu nome associado ao de Marta, o que o ligaria também ao do marido dirigente, e todos conheciam a minha ojeriza aos cartolas.

— Tínhamos ficado de marcar um encontro pra colocar a conversa em dia, não foi? — ela completou num tom de voz que me provocou um arrepio involuntário.

Não pensava que Marta fosse me ligar e encarara nosso encontro no estádio como um incidente que não se repetiria. Mas ela não era casada com João Antônio e continuava uma mulher muito atraente.

— É só marcar — respondi, tentando soar impessoal.

Cheguei no bar situado em uma travessa calma do bairro Moinhos de Vento ao entardecer. Marta avançou pela rua quase meia hora depois, a figura ganhando contornos através do vidro da janela em que a claridade outonal lançava seus derradeiros reflexos, vencida pouco a pouco pela noite que se impunha. Marta sorriu ao me enxergar e veio até a mesa. Ergui-me, trocamos um beijo no rosto, e ela sacou os óculos escuros antes de sentar-se. Havia poucas mesas ocupadas. Eu escolhera um lugar num canto da sala, deficiente em claridade, mas que me permitia enxergar a praça do outro lado da rua.

— Estou um pouco atrasada, desculpe — ela disse.

— Sem problema.

— Tu é sempre assim tão cheio de paciência?

Menti que me tornara paciencioso devido aos meus anos como repórter. A verdade era outra. Sofria de ansiedade crescente. O que a vida me ensinara era a dissimular. Naqueles tempos, me julgava competente no assunto.

O garçom aproximou-se, estendeu os cardápios e se afastou silencioso.

— E aí, tu anda trabalhando em alguma matéria secreta? — ela perguntou.

Meses atrás eu publicara uma série de crônicas sobre promessas do futebol que haviam desaparecido. Na última, relatei o destino de Cícero Donato, um menino nordestino que surgira entre os juvenis de um dos grandes clubes da cidade. Aos dezoito anos era uma estrela, chamado para a seleção nacional. Os clubes europeus o observavam de perto. Um fim de semana negou-se a entrar em campo e declarou que iria encerrar a carreira. Foi assunto em todo o país. Desapareceu do clube e aparentemente da cidade. Fazia quase dez anos que isso acontecera. Eu o busquei por meses e só consegui encontrá-lo com a ajuda de um colega da área policial. Um soldado da brigada militar o conhecia. Tornara-se o pastor João. Vivia em uma vila entre os pobres. Relutou em falar comigo sobre a decisão que tomara. Eu o manipulei, afirmando que levar sua história aos leitores era uma maneira de divulgar a fé que ele abraçara.

Pastor João, ex-craque que poderia ter se tornado milionário, enjoara da vida de jogador. Estava enganado com seu sonho de menino. No mundo do futebol profissional não existia mágica, apenas dor, esforço constante e jornadas extenuantes. Não era um lugar para ele. Num domingo, após uma partida, um funcionário do clube disse que iria a um culto noturno para agradecer pela vitória e o convidou. Cícero Donato descobriu um novo universo.

— Uma luz desceu sobre os meus passos — ele disse, me encarando com seus olhos febris de evangelizador. Não havia nada mais a fazer nos gramados. O dinheiro que ganhara, doou para a igreja e dedicou-se a ler as escrituras e propagar sua fé. Era casado, tinha filhos e vivia feliz.

— Então tu gostou da história do menino craque que virou pastor? — perguntei.

— Impressionante — disse Marta.

A CICATRIZ INVISÍVEL

Não era o que eu pensava, então me calei. Gols contra são pecados mortais. O menino que quase fora craque se iludia. E eu desprezava os iludidos. Não demoraria para descobrir que era um deles.

Ficamos um minuto em silêncio até Marta perguntar:

— Como tu foi parar no jornalismo esportivo? Não lembro de um entusiasmo teu com o futebol.

Eu queria me utilizar dele, apenas isso. A chegada do reconhecimento das colunas me abriu as portas das editoras locais. Publiquei inicialmente um livro de contos. As resenhas de alguns colegas foram generosas. A noite de lançamento foi bem frequentada, autografei por horas. Mas as vendas não aconteceram. Publiquei dois romances com os mesmos resultados. Um dos editores selecionou minhas crônicas esportivas e lançou-as em uma feira de livros. As vendas foram boas e ele providenciou uma segunda edição. Um sucesso que sepultou meu sonho de ficcionista. Os leitores queriam o cronista, não o inventor de histórias. Mas ninguém faz alarde de seus fracassos. E, acima de tudo, confidenciar a alguém que surge de um passado quase perdido é prova de insanidade. Mesmo naquela época, eu era cuidadoso.

Contei uma versão resumida dos tempos de turfe, o acaso com o futebol e assegurei que o esporte era um universo à parte e muito rico para quem também se dedicasse a examinar seu lado humano. Era essa mescla que eu trabalhava. E ela, como viera a se interessar tanto pelo jogo?

— Meu marido é o CEO de um clube.

Procurei manter a expressão neutra. O garçom aproximou-se e pedimos as bebidas. Marta Regina era casada com Heleno Külbert, o sujeito que organizara as finanças de um dos clubes grandes da capital e já recusara várias propostas de times do centro do país para ficar na agremiação da qual era torcedor.

— Sempre imaginei que tu e o João Antônio tivessem casado.

Ela demorou para responder e eu fiquei em dúvida se tocara em um ponto doloroso ou se Marta ganhava tempo para elaborar a resposta. Suas feições se contraíram por um instante mas, aos poucos, recobraram a normalidade.

— Estivemos com a data marcada, logo após o João ter se formado em Engenharia Mecânica — disse ela me encarando. Seu olhar exibia uma expressão que eu não consegui decifrar, como se reviver aquelas lembranças representasse um desafio. Ela realizava um esforço verdadeiro. A razão para tamanho custo, descobri tarde demais. Continuei calado em busca de um desvio em seu olhar ou novas alterações em sua expressão, mas Marta prosseguiu com seu desempenho: — Não sei o que aconteceu. Toda a harmonia que sempre existiu entre nós desapareceu depois que anunciamos a data do casamento. Fiquei calado e ela continuou: — O João ficou muito ciumento e com o passar do tempo piorou ainda mais. Não havia como seguir adiante. Começamos a brigar por qualquer coisa. Um dia terminamos e desde então eu nunca mais soube dele.

A noite se estendia; eu olhei os restos de claridade serem engolidos pela escuridão e recordei dos namorados da escola, juntos o tempo todo, dividindo todos os momentos como se viver de outra forma não tivesse sentido. João e Marta foram uma das raras certezas que me acompanharam a vida inteira e saber da derrocada de seu relacionamento me entristeceu.

— Sinto muito.

— Já faz tempo. Nem lembro mais. Tenho uma vida boa e é isto que me interessa — disse Marta olhando nos

A CICATRIZ INVISÍVEL

meus olhos, não deixando dúvidas sobre sua afirmação.

Deveria ter encerrado o encontro naquele momento, mas olhei para o decote de Marta e fiz a pergunta que deflagrou tudo o que aconteceu depois.

— A maioria dos nossos sonhos de juventude ficam à margem da estrada enquanto percorremos o caminho, não é mesmo?

— Tu deixou muitos? — perguntou Marta.

Foi meu momento de hesitação, o flanco desguarnecido que ela atacou para descobrir outras fraquezas.

— Sou um cara de sorte, sonho pouco — respondi e busquei um sorriso que julguei sarcástico para acompanhar a frase.

— Li os teus dois romances — disparou Marta e o sorriso que ela trouxe para acompanhar sua resposta me desmontou.

Não lembro de um momento na minha vida em que escrever não fosse prioridade, mas apresentar minha ficção para alguém era impensável. Nos primeiros anos de jornalismo, ainda cobrindo o turfe, consegui frequentar uma oficina literária. O professor não era um escritor conhecido, como acontece na maioria delas, e sim um teórico de formação acadêmica que parecia ter lido tudo o que já fora escrito. Dizia ser capaz de nos ensinar os fundamentos que um escritor necessita para desenvolver seu ofício, menos o fundamental: a imaginação. E era justamente isso que eu acreditava me sobrar. Tinha sempre uma ideia nova, uma trama pronta. Eram surpreendentes para os contos, cheias de suspense para as novelas e elaboradas para os romances. Meus colegas e o professor elogiavam aqueles esforços acreditando que eu me tornaria um autor bem-sucedido. Mas, por uma destas ironias que a vida nos impõe, o vaticínio não se confirmou. Durante anos enviei minhas narrativas para várias editoras e fui recusado ou ignorado por todas. Foi preciso me tornar um jornalista conhecido para conseguir publicar. O que aconteceu? Teria o jornalista devorado o escritor ou, em realidade, eu não era um autor genuíno, capaz de dar vida às suas mentiras e fazer os leitores acreditarem na mais incongruente trama? Como alguém já escreveu, "a ficção precisa ser lógica, a vida não".

— Não escrevo mais ficção — respondi.

— Por quê? — indagou Marta.

Refleti antes de responder, e Marta percebeu novamente. Sem entender o motivo, fui sincero com aquela mulher que para mim continuava sendo a namorada do meu melhor amigo e por quem eu sentia uma enorme atração. Ela me contara a desilusão com o namorado da juventude, retribuí admitindo minha frustração.

— Porque meus leitores e ouvintes se interessam apenas pelo o que eu escrevo nos jornais e falo na rádio e na televisão. Futebol é o meu assunto.

— É uma pena — continuou Marta —, o teu primeiro romance era muito bom. Lembro até hoje que li sem parar.

"Sinfonia das Trevas", meu primeiro romance, contava a história de Vicente de Paula Ramos, professor de música na universidade e compositor erudito. Respeitado e cercado de amigos, ele possuía um lado sombrio, que o levava a cometer crimes e envolver-se com marginais. Uma noite, mata uma prostituta e passa a ser perseguido pelo homem que a explorava. Em meio a esse turbilhão, compõe uma sinfonia que o torna conhecido em todo o país e leva o seu nome à glória tão sonhada. Ao final da narrativa eu surpreendia o leitor com uma reviravolta. Julguei que, como o meu personagem, eu também alcan-

A CICATRIZ INVISÍVEL

çaria a glória com essa trama, mas o livro passou despercebido e apenas meus colegas de jornal se dispuseram a comentar seu lançamento, por aquela cortesia que existe nas classes profissionais.

E se eu tivesse perguntado quais eram seus autores preferidos? Como no futebol, uma dúvida, um lance, poderia mudar o futuro. Ela estaria preparada para todas as hipóteses? Não respondi à afirmação de Marta, mas seu olhar revelava que ela sabia ser esse um dos sonhos que eu deixara pelo caminho.

— Me conta um pouco da tua vida. Tu é casado, vive com alguém, ou tem uma namorada?

Respondi não para todas as hipóteses. Não conhecia a paixão, e o convívio apagava o desejo que as mulheres inicialmente me inspiravam. E havia o trabalho de horários variados que ocupava muitas noites e a maior parte dos meus fins de semana, o que nem todas as mulheres aceitavam. Os anos de solidão me desajustaram para a vida em comum. Mas isso não confessei à Marta. Disse que não tinha encontrado a pessoa certa.

— E tu, é médica como tu sempre quis?

Foi minha vez de fustigar seus sonhos e, sem que eu percebesse, demonstrar fraqueza. Eu lembrava do passado. E recordações marcantes reaparecem como fantasmas ou monstros. Mas isso eu descobriria mais tarde.

— Não. Sou formada em direito, só não trabalho na profissão.

Marta e João eram alunos brilhantes, mas somente ele conseguiu atingir seu objetivo. Ela prestou vestibular três anos consecutivos para medicina e terminou optando pelo direito que nunca exerceu. Casou logo após a formatura e o envolvimento com a casa e o marido lhe roubaram o interesse na advocacia.

Não perguntei se tinha filhos. Por discrição e falta de interesse no assunto. Quem pergunta em demasia se expõe, e revelar intimidades não me agradava.

— Optamos por não ter filhos; assim podemos nos dedicar um ao outro — disse Marta, o tom de voz lembrando um juiz que ditava a sentença no tribunal.

— E, além disso, tu virou uma torcedora fanática.

— Não diria fanática, mas tenho o hábito de frequentar o estádio. Muitos dos nossos amigos são ligados ao esporte.

Eu conhecia aquele mundo. Não que fosse convidado para suas festas, mas sabia quem eram os políticos de cada clube e como muitos, embora adversários em campo, conviviam e tinham negócios juntos. Alguns eram turfistas e possuíam cavalos no jóquei clube. Havia uma ponte entre os dois esportes, embora eu nunca chegasse a descobrir qual era.

— É uma espécie de prolongamento da nossa vida social — continuou Marta.

Permaneci calado. Não possuía vida social. O único amigo que tive foi João Antônio. Eu conhecia muita gente, mas em função do trabalho, não era íntimo de ninguém. O mesmo valia para as mulheres. Meus relacionamentos tinham um único objetivo: a cama. Muitas buscavam um favor, ou queriam se utilizar dos meus conhecimentos no meio em alguma situação, outras apenas a curiosidade de sair com um jornalista conhecido, e havia as que apenas queriam me incluir entre suas conquistas. Pouco me importava o motivo. O sexo era compensatório. Como companhia, meus preferidos eram os livros e a música.

— O Heleno tem uma atividade profissional muito intensa. Temos pouco tempo para nós dois. Parece que temos sempre um compromisso a cumprir. E também

A CICATRIZ INVISÍVEL

fico muito tempo sozinha.

Quase perguntei qual a maior carência que ela sentia, mas fiquei calado. A hora certa chegaria. Ao menos era o que eu pensava. Conversamos sobre os tempos de escola e, é claro, ela queria saber a minha opinião sobre o time para o qual torcia. Fui sincero, apenas um pouco mais direto que nas minhas colunas ou comentários. Quando nos despedimos já era noite e fiquei observando Marta Regina se afastar. Tive uma ereção que não tentei reprimir. A imagem e seu efeito eram muito prazerosos.

Em casa verifiquei a caixa de mensagens no computador. No programa de chamadas com vídeo havia um pedido de inclusão de contato. Era Marta Regina. Aceitei e fui dormir com a imagem do corpo da antiga namorada do meu melhor amigo se distanciando. Eu a despi mentalmente, imaginando o contato com sua pele e o cheiro que exalaria.

Na manhã seguinte cheguei à redação por volta das dez horas. Apenas as vozes ao telefone quebravam o silêncio. O ruído dos teclados das máquinas de escrever estavam mortos para sempre e os jornalistas nervosos, fumantes compulsivos, hoje eram tratados como pessoas doentes, que necessitavam de apoio para livrarem-se de um hábito danoso. Papel e canetas, antes indispensáveis, agora habitavam raras mesas, trocados por artefatos eletrônicos. Devo confessar que prefiro o ambiente contemporâneo. É totalmente impessoal, o que me deixa mais à vontade. Naquela manhã, um acidente que provocara ferimentos e mortes agitava a reportagem. O site do jornal já publicara fotos e a todo momento chegavam mais informações.

Sentei-me frente a um dos computadores desocupados, digitei minha senha e verifiquei a caixa de mensagens.

Como sempre, havia e-mails de leitores com recados, alguns informando sobre a vida particular de um jogador, outros afirmando ter a confirmação sobre a venda ou a contratação de um ídolo. Na maioria eram fanáticos tentando aparecer ou simplesmente inventando. Apenas um me chamou a atenção. Seu assunto era: CEO NUMA BOA.

Trazia uma foto anexada. Abri a imagem e lá estava o marido de Marta Regina abraçado a uma jovem morena de vestido decotado, exibindo os seios fartos. A foto em si não significava nada em especial. Külbert era uma figura pública e bastante conhecida no meio do futebol. O remetente exibia um endereço de hotmail com um nome falso. No mesmo momento recordei as palavras de Marta Regina sobre a falta de tempo para uma vida a dois. Talvez o CEO também se dedicasse a atividades extraprofissionais.

Deletei o amontoado de mensagens, mas guardei a foto de Heleno Külbert com a jovem. Fiz comparações entre as formas de Marta e as da jovem e sempre encontrava vantagens na antiga namorada de João Antônio, fantasiando uma foto igual a que me fora enviada, mas comigo e Marta abraçados, ela usando um vestido que também exibia parte dos seios.

Escrevi a coluna que sairia na sexta-feira, fiz alguns telefonemas e conversei com os setoristas dos grandes clubes da cidade por zelo profissional. Nenhum deles possuía fontes melhores que as minhas nem tinha um renome semelhante ao meu, o que me fazia um escoadouro de confidências que eu usava conforme me conviesse.

Voltei para casa e, por algum tempo, observei o crepúsculo. Estava decidido a escrever um conto. A trama completa ocupava meus pensamentos havia alguns dias,

A CICATRIZ INVISÍVEL

uma sensação desconhecida para mim, que sempre elaborara os enredos a partir da realidade e de memórias de leituras. Liguei o computador e comecei a escrever. Mal concluíra o parágrafo inicial, o que sempre me tomava mais tempo, e o sinal de chamada do sistema de mensagens com vídeo apareceu. Era Marta. Respondi à saudação inicial. A câmera dela estava fechada.

Atrapalho?

(Eu) Tu nunca me atrapalha.

Estou sozinha e senti necessidade de falar com alguém.

E lembrou de mim?

Sim. Por que não?

Tu deve ter muitas amigas e amigos, gente conhecida com quem tu poderia falar.

Não é bem assim.

Como é então?

Conheço muita gente, mas não sei se tenho alguma amiga.

E amigos?

Muito menos.

Demorei para escrever a frase seguinte como se pressentisse que adentrava um caminho sem volta. Por fim, perguntei:

Tu não tem câmera?

Tenho, mas não estou arrumada.

Tu está sempre arrumada. Tu é naturalmente bonita.

Obrigada pelo galanteio.

Não é galanteio. É como eu vejo.

A resposta de Marta demorou a aparecer na tela. Ao surgir, destruiu o que restava do meu controle.

Não estou vestida de maneira decente, é isto que quero dizer.

Brinquei, perguntando se ela vestia uma camiseta do

clube rival ao do seu coração. Naquele momento a câmera se abriu e ela irrompeu trajando uma camisola transparente que mal escondia os seios, o decote se perdendo nos limites da imagem. Foi minha vez de demorar para responder, o olhar cravado no corpo de Marta. Ela me olhou demoradamente, ergueu-se e recuou alguns passos. A camisola era curta e a transparência não revelava marca de calcinha. Marta voltou a sentar e teclou:

Eu disse que não estava decente. Vou para a cama daqui a pouco.

Tu está mais do que decente. Está linda.

Obrigada. Mas não quero mais te atrapalhar. Outra hora te ligo.

A figura de Marta sumiu e fechei a janela de contato. Revi mentalmente suas formas e não consegui mais trabalhar. O que eu vira ocupou meus pensamentos o restante da noite.

Como já declarei, meu interesse por dirigentes de clubes se restringia a saber seus nomes e os cargos que ocupavam. A política em geral me desagrada até hoje. Por isso pedi socorro a George Mendes, um experiente repórter esportivo, especialista nos meandros eleitorais dos grandes clubes da cidade. Foi a ele que perguntei sobre Heleno Külbert.

— Não se trata de um político. O cara é um administrador profissional. E, além de tudo, torcedor do clube onde trabalha. Tem cada vez mais poder. Nem mesmo o presidente toma atitudes definitivas sem falar com ele. Ninguém discute que foram suas ações que organizaram e recuperaram as finanças do clube. Não afirmo que seja um clube lucrativo, mas duvido que experimente déficit — explicou George. — O que mais tu quer saber? Como ele é como pessoa?— inquiriu em cima da minha pergun-

A CICATRIZ INVISÍVEL

ta. — O que posso te dizer é que ele é um cara reservado, atencioso no limite correto e incapaz de uma confidência. Ninguém jamais vai arrancar uma informação dele. E quanto a ser mulherengo, se ele é, faz tudo do mesmo jeito discreto que faz o seu trabalho. Duvido que alguém saiba alguma coisa.

Quem me enviara a foto sabia. Revi a imagem de Marta vestindo apenas a camisola semitransparente e abandonei qualquer outro pensamento. Pouco me importava se o marido tinha aventuras. Eu não iria salvar nem condenar ninguém. Queria desfrutar uma rara segunda chance. A vida não é pródiga em oferecê-las.

No fim de semana não assisti à partida do clube para o qual Marta torcia. Fui escalado pelo chefe de esportes para o jogo do rival dele. Foi um espetáculo vibrante com quatro gols e várias reviravoltas. Terminou empatado e nos minutos finais qualquer uma das equipes poderia ter vencido. Do estádio fui direto para a redação do jornal e escrevi a crônica que sairia na edição de segunda-feira. Corri até o prédio da televisão para cumprir minha escala nos debates esportivos. Ao chegar em casa, encontrei um recado ao ligar o computador: "Tu estava muito bem na televisão hoje. Como sempre. Beijos."

Era Marta. Não estava mais conectada àquela hora. Olhei para os livros que cobriam uma das paredes do quarto que eu chamava de biblioteca e perguntei a eles qual a melhor atitude a tomar. Já havia decidido o que fazer, mas queria um cúmplice, um aval para o risco que iria correr. Esfriara, e a chuva fina que acompanhou as torcidas ao final do jogo alongou-se noite adentro. Ergui a persiana e observei a paisagem lá fora. O movimento nas ruas resumia-se aos veículos. Ninguém cruzava as calçadas naquela hora. Olhei para a imagem dos livros refletida no vidro e lembrei de Marta Regina. Liguei novamente o computador e enviei um e-mail.

Cheguei antes do horário marcado e escolhi uma mesa no ponto que julguei ser a última opção dos frequentadores, junto a uma janela no fundo do salão. Entardecia e a penumbra que precede a noite cobria os tetos dos prédios e trechos da ruas. O lugar ficava no bairro Cidade Baixa e tinha o nome de um escritor, famoso não somente pelos seus textos, mas também por seu apego à bebida. Marta entrou e eu sinalizei para que ela viesse ao meu encontro.

— Não pensei que tu gostava deste tipo de ambiente.

— Algo errado com a minha escolha?

— É que tu não faz o tipo "alternativo" que vem a estes locais — disse Marta e eu imaginei que ela descobrira minha armação.

— Não ando em bares com regularidade. Este aqui quem me trouxe pela primeira vez foi um colega. Vim poucas vezes depois, mas acho o lugar aconchegante. Tu já leu este escritor?

— Pra falar a verdade, eu nem sabia que ele existia.

Calei-me e fiquei pensando na Verdade. A entidade mais maltratada pelo ser humano. Eu acabara de mentir para Marta. Conhecera o bar com uma colega, e não um colega. Minha única experiência com uma mulher muito mais jovem que eu até aquele momento.

— Fiquei contente com a tua ligação. Depois daquele dia no Skype, achei que tinha passado da conta — disse Marta, baixando o olhar.

— Foi justamente por isso que te liguei. Eu gostei muito de te ver com aquela roupa.

Marta não respondeu. Olhou as paredes escuras, as garçonetes com aventais pretos e para um ponto indis-

37

A CICATRIZ INVISÍVEL

tinto na sala, como se a música de rock embalasse lembranças. Falou após algum tempo, o rosto levemente enrubescido:

— Sou uma mulher bem casada e meu marido é uma pessoa influente. Não tenho casos. Quando te vi, me lembrei de um tempo muito feliz na minha vida, onde achava que tudo era possível e daria certo, dependia apenas de mim. Foi por isso, e também por tu ser cronista esportivo e eu estar muito ligada ao futebol hoje em dia, que fiz contato contigo. Talvez eu já esteja alcançando a idade em que as mulheres buscam rejuvenescer. Primeiro, procurando as amizades da juventude; depois, recorrendo à cirurgia plástica.

— Tu não precisa de cirurgia nenhuma, Marta. Tu continua linda — respondi. Ela sorriu e mudamos de assunto.

Ao nos despedirmos, julguei que aquele fora nosso derradeiro encontro; eu entendera tudo errado. Passei pela redação e conversei com os repórteres na cantina do jornal, mas não havia novidades. Em casa, não liguei o computador. Abri uma garrafa de vinho, bebi algumas taças e fui dormir.

O dia amanheceu nublado, e a meteorologia anunciava mais chuva para a noite, no momento do jogo. Mesmo assim o estádio recebeu um grande público, e a partida foi uma das melhores da temporada até aquele momento. No intervalo desci até o bar e descobri Heleno Külbert conversando no corredor. Ele era alto, vestia um paletó azul-escuro e calças de brim. Havia mulheres no grupo, mas Marta não estava entre elas. Logo ele se afastou em direção ao estacionamento. Faltava pouco para o início do segundo tempo, mas resolvi segui-lo. Heleno caminhou até o portão que levava ao gramado suplementar e encontrou a mulher com a qual eu o vira na foto que me fora enviada via internet. Trocaram um beijo e ela estendeu um envelope que ele colocou no bolso do casaco. Riram, abraçaram-se, e Külbert retomou a direção do estádio. Subi a escadaria e voltei para a cabina. O árbitro acabara de trilar o apito.

Liguei meu computador, abri a planilha na qual acompanhava a partida e me preparei para o restante da disputa.

Terminados os quarenta e cinco minutos finais, dirigi até a redação, escrevi minha coluna e fui para casa. Acionei o sistema de comunicação com vídeo e descobri Marta conectada. Heleno já devia estar em casa. Ela esquecera o computador ligado? Escrevi uma saudação dizendo que a partida fora excelente e enviei. Não houve resposta.

No dia seguinte resolvi fazer meu comentário ao vivo na rádio em vez de usar o celular. Ao final, desci até a redação do jornal, que ficava no mesmo prédio, e verifiquei minha caixa de e-mails. Nada importante. Abri novamente a mensagem com a foto de Heleno junto à morena peituda e percebi uma sombra se projetando sobre a tela do computador.

— Inarjara Vargas. Continua gostosa.

A voz e a sombra pertenciam a Carlos Velasquez, veterano repórter policial responsável pelas mais famosas matérias investigativas da história do jornal.

— Tu conhece ela?

— Lembra do caso Sales-Meireles?— perguntou Carlos. Respondi que sim com um gesto de cabeça e o repórter prosseguiu: — Ela foi o que se poderia chamar de "pivô da história". Não passava de uma menina, mas já era sedutora. O que ela anda fazendo aí?

— Não sei. Recebi esta foto de um desses e-mails

A CICATRIZ INVISÍVEL

com nomes fabricados.

Carlos afastou-se e resolvi pesquisar sobre o caso. Minha memória guardava apenas as manchetes.

Era uma história antiga.

Inarjara Vargas era filha de um pecuarista e viera estudar na capital. Fez amizades na alta sociedade e passou a frequentar as colunas sociais. Sua beleza e simpatia lhe abriram as portas das mais altas rodas. Tornava-se uma celebridade no meio, até a noite em que foi encontrada num prostíbulo e presa, acusada de tráfico de drogas. O pai contratou um conhecido criminalista, mas logo as ligações de Inarjara com nomes conhecidos que apreciavam substâncias proibidas preencheram manchetes e matérias dos jornais. A história culminou com o suicídio de Fernando Salles, fundador e dono da maior imobiliária da cidade na época. Sua esposa denunciou a origem da fortuna do casal: a venda de narcóticos. Fernando e Inarjara tornaram-se amantes meses após a chegada da jovem à capital e ele a iniciara no uso e no comércio de tóxicos. Mas, assim como Fernando possuía uma outra vida, Inarjara também guardava segredos.

Seu maior cliente era Walter Meireles, dono de boates e explorador de prostituição em vários níveis. Desde ambientes sofisticados até modestos lupanares na entrada da cidade. Foi em um destes que Inarjara acabou presa. Ela eventualmente se prostituía ali. Quando Fernando soube, imaginou que Walter a obrigava àquela situação. Uma noite, invadiu a boate em que o pretenso desafeto tinha sua sede e disparou contra ele. Após alguns dias apresentou-se a uma delegacia, prestou depoimento e foi liberado. No momento em que a verdade sobre Inarjara veio à tona, sua esposa o denunciou. Em seguida, a perversão da amante foi descoberta. Foi demais para ele. Fernando jogou-se do quarto de um hotel no centro da cidade. Morte instantânea. Inarjara foi enviada a uma clínica de recuperação de viciados e aparentemente a história terminou. Que ligação havia entre Heleno e ela? Pouco me interessava. Minha única preocupação era não perder o contato com Marta Regina.

Estava lendo em casa e o ruído de mensagem chegando ecoou no ambiente. Passava das vinte e três horas e o sibilar do vento contra os galhos das árvores era a única testemunha de que o mundo real era aquele e não o que eu vivia na leitura. Levantei-me e fui até o computador. Marta chamava para uma conversa.

Boa noite. Tudo bem?

Boa noite. Que surpresa agradável.

Atrapalho?

Nunca.

Tu podia estar com visitas.

Vivo só. Raramente tenho visitas.

Tu podia estar com alguém...

Estou só.

Como Marta poderia saber que eu não trazia mulheres para casa? Meus casos iniciavam e terminavam em motéis. A maioria durava apenas uma noite. Era convidado para vários eventos, mas não recebia visitantes. Jornalistas esportivos conhecem muita gente, mas têm raros amigos. Uma espécie de marca da profissão.

E tu, acordada até esta hora?

Também estou sozinha e, além de tudo, sem sono. O que tu tava fazendo?

Lendo um livro.

Desculpe, vou desligar.

Não faça isso. Prefiro conversar contigo.

Vou ficar convencida.

41

A CICATRIZ INVISÍVEL

Convencida do quê?

De que tu me acha realmente especial.

Acho mesmo.

A câmera de Marta estava fechada. Naquele momento ela abriu o aplicativo e surgiu à minha frente vestindo um camisetão de mangas curtas.

Hoje estou decente.

Quando tu não tá?

Marta apenas sorriu. Eu a encarei por algum tempo e depois teclei:

Estavas especialmente bonita com aquela camisola.

Ela ergueu-se, recuou dois passos e pude ver seu corpo por inteiro. O camisetão terminava muito acima dos joelhos, escorria pelos ombros e deixava um deles à mostra. O sorriso de Marta alargou-se e ela permaneceu imóvel.

Tu está cada dia mais linda.

Ela aproximou-se do teclado e respondeu:

Prefere a camisola?

Hesitei algum tempo e por fim respondi:

Ficas bem com qualquer roupa, e imagino que ficas ainda mais bela sem roupa alguma.

Marta recuou novamente, o rosto agora sério e, por um momento que me pareceu alongar-se por toda uma vida, seguiu estática. Então as mãos buscaram a base de sua vestimenta e ela ergueu os braços, revelando primeiro a calcinha branca, depois a barriga lisa e firme, até descobrir os seios. Então deixou a roupa cair de volta e sentou-se.

Nossos olhares estavam fixos um no outro, minha respiração alterada, as mãos tremendo levemente.

Boa noite. Preciso desligar.

Não faça isso. Não agora.

É o melhor para nós dois. Já fui longe demais.

A imagem de Marta sumiu da tela e a conexão se desfez. Sorri para meu reflexo, confiante no próximo movimento. Não tentei dormir nem retomar a leitura. Sabia que era impossível. Selecionei o aplicativo de música no computador e meus pensamentos vagaram pelas paredes, pelas lombadas dos livros, terminando sempre no reflexo embaçado da janela, para que eu mentalmente reconstruísse as formas de Marta Regina.

Despertei na metade da manhã, o corpo enroscado na poltrona, as pernas dormentes e as costas doloridas.

Olhei para o computador que deixara ligado e verifiquei a caixa de correio. Nenhuma mensagem nova. Naquele instante me dei conta de que não possuía o telefone de Marta. Fora sempre ela quem fizera os contatos. Tomei um banho, me vesti e fui para a redação.

Como de hábito, havia e-mails de leitores, a maioria desconhecidos, e informações das fontes costumeiras. A surpresa foi um convite para uma palestra do CEO Heleno Külbert sobre finanças esportivas e administração de clubes de futebol. Fora enviada por uma associação empresarial. Confirmei a presença mesmo sem saber se iria e fiz algumas ligações. Era um período agitado do Campeonato Brasileiro, com jogos no meio e no fim de semana, as viagens e partidas importantes roubando a atenção de qualquer atividade extracampo dos jogadores. A lembrança das formas de Marta me acompanhou em vários momentos e, nas horas que passei na redação, ela sempre aparecia como desconectada. Ao chegar em casa, verifiquei o aplicativo. Ela estava on-line. A tarde se encaminhava para o fim. Não hesitei e teclei:

Preciso falar contigo.

Não vou abrir a câmera. Ontem eu me deixei levar. Havia bebido um pouco. (Marta, após algum tempo.)

A CICATRIZ INVISÍVEL

Quero te encontrar novamente. Conversas eletrônicas são sempre incompletas. Ainda mais sem imagem. Isso para não falar que sempre podemos ser atrapalhados. Tu não vive só como eu.

Não precisa te preocupar com isso. Meu marido está viajando.

Vamos jantar então.

Nenhuma resposta. Controlei-me e não insisti.

Preciso de uma hora. (Marta, após algum tempo.)

Dei-lhe duas e marquei em um antigo, mas charmoso, restaurante no bairro Rio Branco.

A MÁ CONSELHEIRA

Um famoso jornalista, que também foi dirigente de um dos grandes clubes da capital, certa vez declarou que "a fartura é má conselheira". Ao final da partida de ontem à tarde, sua máxima se comprovou uma vez mais. Um time recheado de jogadores de qualidade foi derrotado e perdeu o campeonato para uma equipe esforçada, onde havia no máximo três jogadores que se poderia chamar de "acima da média". Os demais eram operários concentrados em suas tarefas, empenhados em extrair de seu esforço o maior rendimento possível. Diferença entre os técnicos? Ambos são profissionais experientes e nenhum cometeu um pecado mais grave que o outro, capaz de justificar o que se viu em campo. Resta-nos somente a reflexão sobre os maus desígnios da fartura.

Grandes times da história do futebol brasileiro foram comandados por um ou dois astros cujo brilho fazia refulgir as qualidades dos companheiros. Veja-se o caso da "Academia do Parque" comandada por Ademir da Guia nos anos de 1970. A excelência do futebol daquele craque

A CICATRIZ INVISÍVEL

ressaltava o talento do esforçado Dudu, seu companheiro de meio-campo, ampliava as virtudes do atacante Leivinha e tornava ainda mais rápida a velocidade do ponta-esquerda Nei. Todos os componentes daquela equipe se beneficiavam do intelecto superior de da Guia para jogarem futebol. Já no mesmo período, o São Paulo FC contratou o campeão mundial Gerson, um dos maiores meio-campistas que já pisaram nossos gramados e junto com ele, importou Pedro Rocha, algo como o Messi uruguaio daquela época. Resultado? Afora algumas belas exibições, nenhum título expressivo. Eles só viriam anos depois, quando o amontoado de virtuoses foi substituído por um grupo correto, onde havia no máximo dois maestros sob a orientação de Rubens Minelli, um dos grandes técnicos brasileiros de todos os tempos. Por que isso acontece?

A resposta talvez esteja nas páginas de Nelson Rodrigues, que para certos casos evocava o "sobrenatural de Almeida". O futebol não é para ingênuos, e muito menos para cartesianos. Há sempre um espaço para o misticismo, para o inexplicável. Ainda que os resultados advenham do suor abundante, do fôlego estropiado e de jogadores que ostentam inspiração superior, há momentos em que nem mesmo o mais engenhoso esquema de jogo explica viradas impossíveis nos últimos minutos, erros coletivos ou individuais de equipes experimentadas, de atletas cujo currículo faria inveja ao mais graduado catedrático.

"Quem dá recebe, quem pede tem preferência", ensinava Nene Prancha. O que o primevo Mestre não revelava é que, encoberto por cada uniforme, escondido na mais refinada chuteira, existe uma máquina fenomenal, mas imperfeita, chamada ser humano. Subjugada pelo inconsciente, ela se debate sem parar. E talvez os virtuosos só se sintam superiores (ainda que sem o saberem) na presença de auxiliares que trabalhem para o seu brilho. Necessitam desse afago, além do aplauso da torcida. Precisam ser ídolos dos seus iguais, pois, para a massa, só a vitória interessa. Para os que a constroem, o importante é o olhar de reconhecimento dos companheiros, que talvez diga sem palavras:

— Sozinhos não teríamos conseguido.

> (Coluna publicada na segunda-feira após a decisão do campeonato regional.)

A noite surgira fresca e ventosa após a chuvarada ao entardecer. Eu esperei no bar do restaurante e a chegada de Marta fez algumas cabeças se voltarem. Trajava um vestido azul-escuro de tecido leve que contrastava com seus cabelos e olhos claros. Escolhi a mesa mais afastada que havia. Pedimos as bebidas e, após um momento de silêncio, falei:

— A cada encontro te vejo mais bela.

— É assim que tu conquista as tuas admiradoras? — replicou Marta após um prolongado sorriso.

Nunca fui um conquistador. Meus casos advinham, na sua maioria, do meu trabalho, de pessoas que me conheciam e mesmo de algumas leitoras. Gente conhecida é desejada, mas, como somos vaidosos, nos tornamos fáceis de manipular. Quem tiver consciência disso pode se utilizar muito bem das circunstâncias. Eu me acreditava consciente. Mas isto era assunto meu. Utilizei a mesma técnica de Marta e sorri.

— Tu é uma admiradora?

— Já te disse que leio sempre as tuas colunas.

— Pelo tema ou pelo estilo?

A CICATRIZ INVISÍVEL

Desta vez, ambos sorrimos.

— Gostou da minha roupa então?

— Tu fica linda de qualquer maneira. Com ou sem roupa.

Marta me encarou com seriedade e disparou:

— Não tenha ideias. Sou casada. Aquilo foi uma loucura, não sei o que aconteceu comigo. Foi a primeira vez que fiz uma coisa dessas.

— Impossível não ter ideias, Marta. Teu corpo é por demais sedutor e a imagem, mesmo que breve, foi encantadora. Não me peça para não ter vontade de ir mais longe.

— Mesmo que isso signifique o final dos nossos contatos? Não quero ser assediada.

Tive vontade de rir. Quem não quer ser assediada não tira a roupa em frente à câmera de um computador. Mas fingi seriedade e respondi:

— Não estou te assediando, apenas sendo sincero.

— Esta conversa me constrange.

— Talvez a gente deva dedicar mais tempo ao computador, então?

— Quem sabe seja uma hipótese.

Mudei de assunto e contei algumas novidades e especulações sobre o seu time preferido. Ela ouviu educadamente, mas percebi que não se interessava.

— Tenho certeza que nada disso é novidade para ti. Tu deve ter informações muito mais privilegiadas que as minhas — arrisquei.

— Raramente falamos de futebol. Nossos momentos juntos são gastos com outros assuntos. A vida dele é muito agitada. Não temos muito tempo. E além de tudo existem as viagens e os jantares. Tu conhece essas coisas muito mais que eu.

Aqueles dois eram mesmo um casal muito peculiar. Viviam juntos, frequentavam estádios, mas não falavam de futebol. Que novidades havia ainda à minha frente?

Nosso encontro durou pouco menos de duas horas. Propus acompanhá-la até onde deixara o carro estacionado, mas ela respondeu que não era necessário. Precaução? Não fazia sentido. Muita gente nos vira tanto no bar quanto no restaurante.

As luzes dos postes eram bloqueadas pelos galhos das árvores que habitavam o lugar. Marta sumiu na esquina na direção do estacionamento que ocupava o canto da rua. Esperei para ver qual direção ela tomava, mas como não sabia qual carro possuía e como a maioria dos veículos hoje possui uma película escura nos vidros, terminei desistindo.

Em casa fui até o computador e verifiquei o sistema de mensagens. Marta estava conectada. Então escrevi:

Foram momentos muito especiais ao teu lado.

Também gostei. (Marta, após algum tempo.)

É uma pena que não consigo te ver.

Minha câmera estava aberta, a dela não.

Não podemos continuar assim, já te disse.

Por quê?

Já disse, sou casada.

É uma pena. Tenho certeza que nossos bons momentos nem mesmo começaram.

Nenhuma resposta. Desisti de esperar e abandonei a cadeira em frente ao computador. Coloquei um CD, acomodei-me na poltrona e abri o livro que estava lendo, decidido a esquecer as formas de Marta. Não sei quanto tempo se passou até que eu percebi o sinal de mensagem. Marta pedia um contato de câmera. Aceitei e ela surgiu na tela.

Vestia a mesma roupa.

Incomodo?

Nunca.

Minha situação é muito difícil. Meu marido é um ho-mem com muitas conexões. Não posso me expor.

Ninguém está se expondo. Tu tá sozinha?

Sim. De outra maneira não estaria falando contigo.

Marta digitava com rapidez e eu me perguntei por que não usávamos o microfone.

Por que não estamos falando?

Prefiro assim.

O que mais tu prefere?

Tu primeiro. Quais são as tuas preferências?

Muitas, mas posso começar dizendo que te prefiro com a roupa de ontem.

Meu camisetão de dormir?

Não.

?

Sem ele.

Nem resposta nem movimento da parte de Marta. Um relâmpago iluminou a janela às minhas costas e seu brilho maléfico deflagrou os movimentos. Marta recuou alguns passos e seu corpo ficou inteiramente projetado na tela. Então ela colocou as mãos nas costas e eu as imaginei em busca da alça do zíper, os dedos escorrendo, a fenda alargando-se no vestido, revelando as presilhas do sutiã e as bordas da calcinha. A mão direita reapareceu e os dedos puxaram a manga do vestido que cobria o braço esquerdo. Um ombro desnudou-se, depois o outro e, por fim, o vestido escorreu até a cintura. Ela sorriu e escreveu:

Agora é a tua vez.

Hesitei e, meio sem jeito, desabotoei a camisa, afrou-xei o cinto e abri o botão da cintura da calça. Marta Regina sorriu e me examinou, mesmo que somente parte do meu peito e barriga ficassem à mostra. Ela recuou mais um pouco e deslizou o vestido pelas ancas e sua nudez se revelou, o sutiã cobrindo parte dos seios, os pelos aloirados que delineavam a vagina escapando pelas bordas da calcinha.

Tua vez, continua.

Livrei-me da camisa, baixei as calças e fiquei só de cuecas, a ereção explodindo. Marta recuou mais dois passos e tirou o sutiã, depois virou-se lentamente, baixou a calcinha e mostrou a bunda. Aproximou-se do teclado e a ordem surgiu na tela.

Tira.

Baixei a cueca e foi a minha vez de recuar. Ela sorriu, feliz com o efeito que causava, os seios roçando as bordas da mesa onde ela se apoiava. Sentei-me e pela primeira vez na minha vida não soube o que escrever. Marta acomodou-se, descontraída em sua nudez, e teclou:

Boa noite. Por hoje é só.

A imagem sumiu da tela e a conexão se desfez. Vesti as roupas novamente, mas não pude me controlar. Fui até o banheiro e me masturbei. Não retornei para a leitura nem pensei em ouvir música. Uma única imagem dominava meu pensamento.

Decidi não inquirir mais a respeito de Heleno Külbert. Em algum momento eu poderia ser visto com a mulher dele. Se alguém perguntasse, diria que era uma antiga colega de escola. Estávamos relembrando os tempos de juventude. Mas, se estivesse indagando sobre ele, poderiam fazer ligações que, mesmo irreais, levantariam suspeitas. E eu não queria meu nome nome ligado a escândalos, como acontecia com os jogadores de futebol, que pareciam ter predileção pelas mulheres de seus co-

A CICATRIZ INVISÍVEL

legas.

Acordara de mau humor, o desejo por Marta Regina torturando meu corpo, as ideias embaraçadas pelas lembranças da noite. Havia reuniões no jornal e na rádio sobre a rodada do próximo fim de semana, a escala seria apresentada para os dois jogos principais e, no meu caso, existia ainda o programa de debates na televisão após os jogos. O gerente geral da rádio era um narrador veterano, um homem de cultura que, mesmo não ostentando mais a popularidade de tempos passados entre os que descreviam os jogos pelo rádio, continuava sendo uma referência, tanto pela clareza no retrato da partida como pelo estilo discreto. As imagens que criava para elogiar ou criticar as jogadas carregavam uma ironia que poucos percebiam. Terminado o compromisso, seguimos até o fumódromo da redação para continuarmos a conversa. O lugar estava vazio. Avalone tragou fundo. Ao falar, as palavras soaram enfumaças.

— Pouco me importa o destino dos nossos clubes no campeonato. Este é o meu canto do cisne. Já combinei com a direção. Na rodada final anuncio que este foi meu último jogo, minha derradeira narração e vou embora. Vou viver seis meses em Paris, como sempre sonhei fazer.

— Que bom, Avalone. Vou sentir falta das tuas narrações, mas fico feliz que tu vai realizar esse teu sonho.

— O mundo do futebol não é mais para mim. A sujeira eventual se espalhou e em pouco tempo vai dominar o jogo.

Avalone sempre fora um tipo amargurado. E, desde a perda da esposa, anos atrás, tornara-se soturno. Existia corrupção no futebol como em tudo na vida, ele disse, mas até pouco tempo ainda era a exceção. Não era desmascarada porque, no fundo, escândalos não fazem bem aos negócios, concluiu. Mas ele não explicou ao que se referia e resolvi não perguntar. Avalone conhecia o "negócio futebol", esse mecanismo nebuloso que não é discutido nos programas esportivos nem emerge nas reportagens das rádios, dos jornais ou dos sites especializados. E era a ele que Avalone se referia. Terminou o cigarro e disse que ia para casa. Estava ansioso por retomar a leitura do romance policial que iniciara na noite anterior. Por alguns momentos eu esquecera Marta Regina. Mas, assim que fiquei só, a angústia retornou e as lembranças se impuseram com fúria desconhecida. Fui até a redação, digitei minha senha no computador mais próximo e entrei no sistema de mensagens que utilizava para meus contatos particulares. Ela estava ausente. Ainda assim, deixei um recado. Que os cuidados de Marta Regina fossem para o inferno!

Passei o restante do dia entre a redação do jornal e os estúdios da rádio. Escrevi, fiz meu comentário ao vivo e troquei informações com os repórteres. Verifiquei minha caixa de mensagens várias vezes em busca de alguma notícia da ex-namorada do meu melhor amigo de juventude, sempre com o mesmo resultado. Nenhum.

Cheguei tarde em casa. Antes, fui ao cinema e jantei em um restaurante no centro da cidade. Filmes eram, junto com a literatura, as únicas manifestações capazes de me emocionar. Junto delas esquecia problemas e frustrações. Vivia suas tramas, me envolvia nos sofrimentos e alegrias dos personagens. Mas, daquela vez, não consegui me concentrar no filme e a comida me pesou no estômago. Voltei para casa, entrei no quarto que chamava de biblioteca e liguei o computador. Nenhuma mensagem. Não lembrara de pedir o número de telefone de Marta Regina. Imprequei contra todas as divindades que co-

A CICATRIZ INVISÍVEL

nhecida mesmo não crendo em nenhuma delas e fui me deitar.

Dormi mal e acordei antes do amanhecer. Olhei a rua deserta, a claridade dos postes sendo pouco a pouco ofuscada pela luz do firmamento, os primeiros ônibus circulando ainda vazios, a lancheria na metade da quadra subindo as persianas de ferro para receber os clientes iniciais do dia. Os jornaleiros tomavam suas posições nas esquinas e sinaleiras enquanto os derradeiros habitantes da noite se retiravam para o descanso na manhã que nascia. Fiz café, liguei o computador para verificar as notícias na internet, mas antes chequei minha caixa de mensagens. Havia um e-mail de Marta. Trazia o nome do lugar de nosso último encontro, uma data e um horário. Ao final, duas palavras:

Te espero.

— Desculpe o atraso — eu disse.

Ela escolhera a mesma mesa da vez anterior e sorriu ao me ver. Mas o olhar contradizia sua expressão e suspeitei que escondia a verdadeira razão do encontro. Marta tinha uma taça de vinho à sua frente. O garçom se aproximou ao notar minha chegada e eu imitei o pedido da minha companhia. A claridade era suavizada pelas cortinas e um abajur colado à parede espalhava mais sombras que luz. Nos olhamos sem falar até ela romper o silêncio:

— Nunca deixe mensagem para mim durante a noite. Pode ser lida por outra pessoa.

— Por que não à noite?

— Porque o computador é utilizado na nossa madrugada para conversas com o exterior. Questão de fuso-horário. Ele conhece a minha senha.

— Não tenho teu número de telefone.

Marta retirou uma caneta da bolsa e anotou um número de celular em um guardanapo, que guardei no bolso do casaco. Entardecia rapidamente, a claridade perdendo espaço para o negrume noturno que se estendia pelos últimos andares dos prédios e quase chegava aos telhados das casas sobreviventes naquela rua que misturava residências, comércio e prédios de escritórios. Perdera o interesse pela expressão de Marta ou a razão do nosso encontro. Eu a revia nua, imaginava a textura de sua pele, os cheiros que seu corpo devia exalar.

— Por favor, também toma cuidado com as horas em que tu vai me ligar.

— Qual o melhor horário?

— Difícil dizer. Mas normalmente estou só pela manhã e em algumas noites.

— Esta noite?

Ela respondeu sorvendo um gole de vinho e me encarando com seriedade. Chamei o garçom, paguei a conta e perguntei:

— Onde tu deixou teu carro?

— Não sei dirigir.

Levantei e peguei-a pelo braço. Marta não fez perguntas. Eu estacionara na metade da quadra. Entramos no automóvel e, antes que eu acionasse o motor, ela me olhou novamente. Percorremos o trajeto em silêncio. No motel, pedi uma suíte e uma outra existência se iniciou. Saí do carro, fechei a cortina de ferro da garagem e, ao me virar, Marta Regina estava à minha frente. Nos encaramos, passei as mãos entre os seus cabelos, deslizei a ponta dos dedos pelo seu rosto, toquei levemente os lábios, o pescoço, desci até os seios e neste momento a ternura se esvaiu. Apertei-os com força, virei-a de costas e afundei meus dedos em sua bunda tomado por um transe que eu desconhecia. Marta arfava, as mãos apoiadas na capota do

A CICATRIZ INVISÍVEL

carro, o tronco agitando-se em movimentos convulsivos.

Deitado, a respiração ainda entrecortada, contemplei a trilha de roupas e sapatos espalhados no chão. A porta do quarto ficara aberta e, através dela, entrava o ar frio da noite. Meu corpo recendia ao de Marta Regina e, em minha mão direita, estava impressa a marca da mordida que ela me dera ao alcançar o êxtase. Olhei meu relógio. O sexo durara quase duas horas. Ela estava de costas para mim e o silêncio entre nós se prolongava. Os espelhos nas paredes e no teto refletiam nossos corpos sombreados pela iluminação escassa do quarto. Hesitava tocá-la e, assim como as palavras, as ações permaneciam inertes. Nesse momento, o desejo explodiu novamente e eu a puxei para o meu lado.

Ela pediu que eu a deixasse em um ponto de táxi. Pouco falamos depois da saída do motel. Na despedida Marta limitou-se a um "nos vemos" antes de bater a porta do carro e seguir em frente sem se voltar. Fui para casa e abri uma garrafa de vinho. Olhei para os livros na estante e perguntei a eles o que estava acontecendo. Não estava apaixonado. O amor é um sentimento que até hoje desconheço. Estava fascinado. Como na juventude, mas agora ela não era a namorada de João Antônio. Nada impedia que eu saciasse meus apetites enquanto eles durassem. O assustador é que as vontades não pereciam; meu pensamento vagava para o lado dela sem parar. Os detalhes do corpo de Marta, as obscenidades que ela sussurrara ao meu ouvido e a fúria que me dominou durante o ato me assombravam.

Bebera mais da metade da garrafa de vinho e um relaxamento agradável me envolvia, o som da música vindo do computador já quase indistinto. A luz sobre o tampo cravado na estante, que servia de escrivaninha, era a única acesa em toda a casa. Na rua, o vento farfalhava entre os galhos das árvores e penetrava nas frestas das janelas envolvendo os ambientes. O aviso de mensagem brilhou inesperado na tela. Ergui-me da poltrona e, na janela do emissor, estava escrito o nome de Marta Regina. Era uma chamada com vídeo.

Aceitei o contato e o rosto de Marta iluminou o retângulo. Ela vestia uma camiseta preta e sorriu ao me ver.

Que bom que tu ainda está acordado.

Durmo sempre tarde.

Hoje foi um dia muito especial para mim.

Para mim não foi diferente.

Nunca aconteceu algo assim na minha vida.

Explica melhor.

Sempre fui fiel.

Estás te sentindo culpada?

Não. E é isto que me assusta. Estou me sentindo... feliz.

E a felicidade te assusta?

O que me assusta é a situação em que me encontro. Em que nós nos metemos.

Que situação?

Sou casada com uma pessoa com influência e conexões que tu nem imagina. Se ele descobrir, não sei o que pode acontecer.

Nada vai acontecer e ninguém vai ficar sabendo.

Marta não respondeu. Deixei passar algum tempo e digitei:

Tá sozinha?

Ela respondeu com um aceno de cabeça.

Quero ver o que tu tá vestindo.

Marta ergueu-se, recuou alguns passos e pude ver que a camiseta mal lhe cobria as coxas. A luz caía direta sobre sua figura, refulgindo seu cabelo claro, contrastando com

A CICATRIZ INVISÍVEL

o tom negro da camiseta.

Linda.

Ela continuou imóvel.

Levanta a camiseta.

Marta Regina ergueu lentamente as pontas da vestimenta e pude ver que ela não vestia nada por baixo.

Vira de costas.

Marta obedeceu e as recordações da tarde explodiram pelo meu corpo. Ela avançou alguns passos, sempre de costas para mim, até um aparador que havia junto à parede e debruçou-se sobre ele. Então abriu as pernas e começou a se tocar.

A imagem me dominou, o corpo de Marta se contorcendo à medida que o prazer se aproximava. Ela parou subitamente, virou-se, ajeitou o cabelo e aproximou-se do computador com um sorriso.

Tua vez.

Baixei as calças e iniciei uma lenta masturbação. Meu gozo explodiu rápido e o êxtase me roubou o equilíbrio. Apoiado na bancada, contemplei o rosto de Marta Regina.

Até amanhã.

Segundos depois a conexão foi desfeita. Fiquei com a imagem da expressão e do sorriso de Marta. Só não consegui definir o que ambos queriam dizer.

O futebol é fascinante porque, como na vida, o mérito não importa. O resultado justifica as ações tomadas durante a partida. Pouco interessa que uma equipe amasse o adversário durante todo o jogo. Um gol, resultante de uma escapada do time contrário, e todo um trabalho se esfacela, destruindo uma temporada, muitas vezes transformando vencedores históricos em perdedores natos, arrasando esquemas táticos consagrados. A felicidade é um ato bufo que os vencedores protagonizam mesmo conscientes do papel que representam. Era o que eu via acontecer em campo naquela noite. Um grupo medíocre e retrancado sacava do campeonato um time armado havia mais de dois anos e com um histórico de vitórias digno de nota. Já antevia a vaia ao final do jogo, as perguntas capciosas dos repórteres, a coletiva com o técnico e, em seguida, a busca pelos dirigentes, tentando arrancar deles um futuro movimento. Eu me limitaria à análise da partida na coluna do jornal. A impessoalidade sempre foi minha maior virtude.

Deixei a redação com o relógio marcando uma e trinta e cinco da manhã. Nas ruas, o movimento se concentrava em frente às boates e casas de prostituição. Acendi a luz da sala do apartamento e caminhei no escuro até o quarto em que ficava o computador. Liguei a máquina e os aplicativos surgiram na tela. Nenhuma mensagem nova. Estava cansado, mas não tinha sono. De nada adiantaria ir para a cama. A partida e seus possíveis efeitos haviam desaparecido do meu pensamento. Era Marta Regina quem me assombrava. O resultado de sua ausência e a necessidade de tê-la novamente que me perturbavam. Precisava acabar com aquela história. Minha curiosidade e desejo já estavam saciados, não havia razão para continuar. Não queria nada mais com Marta e nada que ela viesse a me oferecer me interessava. Estava decidido. Até ouvir sua voz na manhã seguinte.

Escrevia o resumo do comentário que faria na rádio às doze horas. A redação estava calma e eu era o único habitante da ilha de mesas pertencente ao departamento de esportes quando o telefone soou.

— Trabalhando desde cedo?

— Tu tava procurando por outra pessoa?

A CICATRIZ INVISÍVEL

Escutei o sorriso de Marta.

— Não.

O silêncio imperou enquanto mentalmente eu a revia nua, o corpo trêmulo em meus braços.

— Podemos nos encontrar hoje? — Marta propôs.

— Em frente ao bar onde nós estivemos ontem?

Marta entendia tudo o que estava implícito na minha proposta e respondeu de imediato:

— Às catorze horas fica bem pra ti?

Desligamos, terminei meu trabalho e segui até os estúdios da emissora que ficavam no andar superior. Ao final da locução, que eu terminava sempre com o meu bordão tradicional — "pois, como todos sabem, o futebol não é para ingênuos". No corredor, encontrei Avalone.

— Tu viu as especulações que estão circulando desde o final do jogo de ontem? — ele perguntou.

— Tu esperava alguma coisa diferente? O mundo do futebol é assim.

— Mas desta vez o motivo é outro. Há suspeita de corrupção.

— Também não seria a primeira vez.

Ele fez um gesto e eu o segui.

No fumódromo, Avalone chupou o cigarro com força antes de continuar.

— Mas não se trata de um jogo arranjado, e sim de algo de larga escala. Ninguém vai falar nada, não existem provas e, acima de tudo, seria péssimo para os negócios. De todos os lados.

— É difícil crer em uma rede de corrupção no futebol. Casos isolados acontecem, mas para que serviria a corrupção generalizada?

— Serviria não só para manipular resultados, mas também fraudar a loteria e as redes de apostas clandesti-

60

nas. É um negócio sem fim.

— Mas quem seria capaz de organizar uma rede dessas? Os dirigentes ainda são na sua maioria amadores, quase todos com pouca ou nenhuma capacidade administrativa. E os profissionais conhecem somente o mercado do futebol; por mais ambiciosos que sejam, ainda não são bandidos. Para montar um esquema como o que tu descreveu, é preciso ser um gangster.

— Talvez eles já estejam por aí e a gente ainda não se deu conta, ou talvez a gente feche os olhos, porque, como eu já disse, seria ruim para os negócios.

Avalone deu a última tragada, esmagou o cigarro no cinzeiro e saímos juntos do ambiente enfumaçado. Nos despedimos no corredor e ele desapareceu enquanto o elevador fechava suas portas. Voltei para a redação, fingi interesse na conversa dos colegas e, assim que o tempo escoou, fui ao encontro de Marta Regina.

Ela entrou no carro sem falar e seguimos em silêncio até o motel. Na garagem, Marta saiu do carro e parou junto à escada. Virou-se e ergueu lentamente a saia. Estava sem calcinha. Subiu os degraus e eu a perdi de vista na curva que levava ao quarto. Reencontrei-a junto à porta, a saia ainda erguida, agora exibindo o sexo, o olhar cravado no meu rosto, saboreando o fascínio que exercia. Coloquei o cartão na fechadura e a tranca se abriu. Marta continuou imóvel. Puxei-a pelo braço e a trouxe para dentro. Ela caminhou até a cama, deitou-se e abriu as pernas, os lábios da vagina escorrendo umidade. Fui ao seu encontro e a penetrei com um único golpe, nossas roupas se roçando, as bocas procurando partes dos nossos corpos para ferir e beijar.

— As marcas vão ficar roxas — disse Marta passando os dedos na impressão dos meus dentes junto aos seios e na barriga. Eu também possuía rastros de mordidas pelo corpo, e o lençol exibia gotas de sangue em alguns pontos. Anoitecia e pingos de chuva começavam a marcar os vidros da janela. Ergui-me e afastei a cortina para observar o pátio do motel. Aqueles lugares eram sempre silenciosos, parecendo eternamente desabitados. Marta continuava deitada, contemplando o corpo nu refletido no espelho do teto. Mesmo na penumbra eu divisava detalhes de suas formas e mentalmente revia nossa batalha sexual, a brutalidade de certos momentos, os sorrisos e suspiros de prazer que ela emitira, os gritos ao atingir o gozo.

— Não posso demorar muito mais.

— Compromisso?

— Sim, mas não do jeito que tu imagina.

— Como é que tu sabe o que eu imagino, ou mesmo se eu imagino alguma coisa?

— Não tenho um jantar, nem meu marido vai reclamar se eu chegar em casa mais tarde.

Não repliquei.

— Minha vida é muito diferente do que tu pensa — ela continuou.

Permaneci calado.

— Mas talvez isso não te interesse.

Fui até a cama, deslizei uma mão pelas ancas de Marta e com a outra acariciei seu rosto.

— Tudo em ti me interessa.

— Mesmo que não diga respeito ao meu corpo?

Concordei com um movimento de cabeça. Foi a vez de Marta permanecer calada por algum tempo.

— Meu marido tem negócios que vão além do futebol. Às vezes penso que seu trabalho é apenas uma fachada. Ou talvez os dois se confundam.

— E ele te envolve nesses negócios? — perguntei.

Marta Regina concordou com um movimento de cabeça e sorriu antes de falar:

— Não quero mais falar nisso. Ainda temos algum tempo. Vamos aproveitar.

Ela abriu as pernas e escancarou o sexo à minha frente. Toquei-a e senti a umidade daquelas carnes, restos de esperma descendo para as coxas, a barriga arfante denunciando a excitação. Foi minha vez de sorrir. Me ajoelhei e coloquei-a de bruços.

Deixei Marta Regina no mesmo lugar em que a buscara. Não nos beijamos na despedida. Quis levá-la a um ponto de táxi ou até algumas quadras antes de casa, mas ela insistiu em voltar ao endereço original. Fazia frio e o chuvisqueiro tornava a temperatura ainda mais baixa. Dirigi por ruas paralelas e transversas, fugindo do engarrafamento que a chuva emaranhava ainda mais. Em casa, chaveei a porta e fui direto para o computador. Liguei-o e verifiquei minha caixa de e-mails. Não havia comunicação de Marta Regina e o sistema de mensagens de vídeo a mostrava como ausente. A tarde exaurira nossas palavras e corpos. Lembrei o que ela falara sobre os negócios de Heleno Külbert. Ele era um executivo conhecido, sem dúvida a voz mais importante do clube que representava, mas ao mesmo tempo primava pela discrição. Suas entrevistas eram raras. Marta Regina parecia temê-lo, precavendo-se contra suas outras atividades. Recordei a conversa com Avalone, mas logo abandonei o pensamento que tentava se formar. No mundo real não existem grandes conspirações. A realidade é plana e cruel. O mal não necessita de reviravoltas para exercer o seu poder. O homem jamais deixará de ser o seu pior inimigo. Não nascemos para a felicidade. Hoje tenho certeza disso.

A CICATRIZ INVISÍVEL

Três dias se passaram sem nenhum contato. Pensei em utilizar o número de celular que Marta me fornecera, mas terminei desistindo. Um acordo mudo havia estabelecido que as comunicações partiriam dela. Resistia às lembranças dos momentos passados ao seu lado. Ela não era minha primeira amante, mas nada até aquele momento havia sido tão intenso. Apesar disso, eu estava seguro de que, como acontecera nas vezes anteriores, os ardores primeiro serenariam, até perecerem pouco a pouco. Só não sabia que nunca vemos o mal chegando, seu ataque é silencioso. Muitas vezes letal. Serei um sobrevivente, mesmo com todas as perdas que tive? O primeiro golpe vibrou junto com a campainha do meu telefone celular. Era ela.

— Preciso falar contigo.

— Pode falar.

— Tem que ser pessoalmente.

— Onde?

— No bar de sempre?

— Hoje à tarde? — ela insistiu após um instante de silêncio.

— Ao anoitecer. Estou ocupado à tarde — menti.

— Até lá.

Marta Regina desligou abruptamente, como se corresse um risco ao fazer aquela chamada. Desci e fui até uma das lancherias que existiam na avenida transversal à rua na qual morava e pedi um sanduíche. Estava sem fome para um verdadeiro almoço. O trânsito era intenso àquela hora e o movimento no balcão seguia no mesmo ritmo. Mastiguei o alimento sem sentir gosto, pensando no encontro com Marta e fazendo planos para como ele terminaria.

Fui até a redação do jornal, escrevi a coluna para o dia

seguinte, telefonei para as fontes habituais em busca de alguma novidade e por fim revi um dos jogos do último fim de semana na televisão do departamento de esportes da rádio. Ao término da partida, olhei no relógio. Havia tempo de sobra para ir ao encontro de Marta.

Cheguei um pouco atrasado de propósito. Ela estava sentada à mesa habitual, mas o rosto trazia uma expressão diferente. Sentei-me e esperei que ela iniciasse a conversação.

— Não poderemos nos encontrar mais por um tempo — disse Marta.

— O que aconteceu?

— Vai ser melhor assim. Quando tudo terminar eu te ligo.

— Quando o que terminar?

Eu pensava conhecer aquele tipo de conversa. Não era a primeira vez que a ouvia. Eu também me utilizava dela para ser evasivo. Mas não iria tornar as coisas fáceis para ela. Acima de tudo porque sentiria falta daqueles encontros.

— Minha vida é complicada e quanto menos tu souber a respeito dela, melhor. Acredite em mim.

Precisei conter a risada. Marta me decepcionava. Suas desculpas eram muito pobres. Eu a julgava mais criativa. E ela era, como vim a descobrir mais tarde…

— Muito bem, se é assim que tu quer… — arrisquei.

— É o mais seguro.

— Alguém desconfia?

— É algo além disso. Como te falei, quanto menos tu souber, melhor.

Não repliquei. Não era meu hábito insistir com uma mulher. E nenhuma me provocara uma necessidade especial até aquele momento. Algumas foram companhias

A CICATRIZ INVISÍVEL

agradáveis, mas eu as avaliava acima de tudo por seus desempenhos sexuais. E Marta detinha o melhor dentre todas as que eu conhecera.

— Ao menos vamos nos despedir de maneira correta.

Ela não respondeu de imediato.

— Tenho menos de duas horas — Marta declarou vencida.

Comecei a despi-la ainda no carro, arrebentando o sutiã sob a blusa. Apertei-lhe os seios até que ela reclamasse da dor. Na garagem do motel, não esperei a porta fechar. Baixei a calça de Marta e coloquei a mão entre suas pernas. Senti seu desejo escorrer pelas coxas. No quarto, arrancamos nossas roupas e Marta se entregou de todas as maneiras possíveis. No momento em que lembrou-se de olhar para o relógio, disse sobressaltada:

— Preciso ir. Não posso me atrasar mais.

Deixei-a próximo do bar e a observei pelo retrovisor enquanto me afastava. Ela atravessou a rua e dobrou a esquina rumo à avenida onde a via desembocava. Manobrei o carro e fui na mesma direção. Vi Marta caminhando, não pelo trajeto que imaginei, mas enveredando por uma via oblíqua, que morria em uma praça rodeada por prédios de várias idades e diferentes estilos. Ela entrou em um deles e ainda pude vê-la desaparecer no saguão. Fiquei surpreso. Por que ela marcaria nossos encontros tão perto do lugar onde morava? Era um risco desnecessário, mas ao mesmo tempo era prático para quem não dirigia. Balancei a cabeça ao me dar conta da preocupação inútil. Marta, a partir de agora, era uma lembrança. E, como todas as lembranças, com o tempo, seria esquecida. Rumei para casa e concentrei meus pensamentos nos jogos da próxima rodada.

Fui ao estádio no sábado e no domingo. Era uma

rodada importante e haveria um espaço extra no jornal para comentários e previsões na edição de segunda-feira. Deixei meu material pronto antes de ir para o estúdio da televisão. Foi um programa de opiniões conflitantes devido aos surpreendentes resultados das partidas. As esperadas definições tornaram-se dúvidas, e a copa nacional embolava na reta final. Avalone, que era o mediador, sorria irônico, como se todas aquelas preocupações não lhe dissessem mais respeito.

Cheguei em casa tarde e fui até o quarto que abrigava meus livros e a escrivaninha para deixar a pasta. Por hábito, liguei o computador. Havia uma mensagem. Marta pedia que eu a chamasse. Não importava a hora. Precisava falar comigo. Liguei para seu número de celular e ela respondeu imediatamente:

— Desculpe o horário, mas precisava falar com alguém. E só confio em ti.

— O que aconteceu?

— Nada em especial, nada que não aconteça todos os dias, nada que eu já não saiba. Mas hoje, não sei por que, me doeu mais, me fez sentir ainda mais só.

Senti vontade de perguntar qual o problema em estar só, mas em vez disso inquiri novamente sobre o que teria acontecido.

— Já te falei sobre meu marido e os negócios dele. Estou sendo envolvida neles e isso é a última coisa que eu quero. Tenho medo disso.

— Por quê?

— É uma história muito comprida, difícil de falar por telefone e, como já te disse, quanto menos tu souber, melhor. Ainda mais porque tu é jornalista.

— E por ser jornalista eu não guardaria um segredo se tu pedisse?

A CICATRIZ INVISÍVEL

— Tu poderia guardar o segredo, mas duvido que não quisesse saber mais.

— É para me dizer esse tipo de coisas que tu me chamou a esta hora da noite?

— Desculpe. Acho que é melhor desligar.

— Tu tem certeza que não quer me contar nada?

— Já te disse, é uma história muito comprida.

— Que tu tem que começar a contar em algum momento.

Mal terminei a frase e já estava arrependido do que falara. Não me interessava pelos problemas dos outros, por que estava me envolvendo naquela história? E Marta já havia me dado tudo o que eu buscara. Não havia razão para seguir adiante.

— O sucesso de Heleno tem um preço. E ele é bastante alto. Saber o que acontece já é perigoso. Ser envolvida é um caminho sem volta. E é isso o que está acontecendo.

— O que ele faz de tão perigoso?

Marta calou-se e julguei escutar um soluço. Esperei algum tempo e insisti:

— Tu não vai responder?

— Não quero falar essas coisas por telefone — disse Marta.

Foi a minha vez de não responder. Aquela conversa começava a me irritar. Por melhor que fosse o sexo com Marta, ele não valia a minha tranquilidade. Era o que eu pensava.

— Vou desligar. Desculpe te incomodar numa hora destas.

— Sinto não poder te ajudar.

— Tu pode, sim. É o único que pode, mas não quero te envolver num jogo tão perigoso.

— Parece que já estou envolvido. Ao menos contigo.

— Mesmo?

— O que tu acha?

Houve um momento de silêncio até que Marta falasse.

— Tu quer te encontrar comigo agora?

A proposta me surpreendeu e não respondi de imediato.

— É muito tarde para ti?— insistiu Marta.

— Onde nos encontramos?

— Em frente ao bar, como sempre.

Enquanto dirigia pela cidade semi-adormecida, a ressaca do domingo que morrera se instalando na paisagem, tentei imaginar o que estava acontecendo. Mas a excitação dominava meus pensamentos, as recordações atiçando meu desejo. Esquentara durante o dia e àquela hora um nevoeiro descia sobre a cidade encobrindo os andares mais altos dos prédios e os telhados das casas com mais de um pavimento. Alguns carros circulavam com faróis antineblina acessos, mas o tráfego encolhia à medida que eu me aproximava do ponto de encontro. Era um tempo em que eu abandonara minha consciência e raciocínio. Restara apenas o tumulto de sentimentos comandado pelo desejo. Minha necessidade não encontrava satisfação. Somente o esgotamento refreava minha ganância pelo êxtase que Marta me ofertava. Vontades adormecidas assomavam. E durante o trajeto concebi uma experiência inédita.

A rua estava deserta, os bares ostentando escassos clientes, alguns recolhendo mesas para fecharem suas portas. Descobri Marta no mesmo lugar onde a deixara dias atrás. Vestia um sobretudo escuro que envelopava seu corpo até os tornozelos. Ela entrou no carro sem dizer nada. Arranquei e continuamos em silêncio. Parei ante o

A CICATRIZ INVISÍVEL

sinal vermelho em um cruzamento e trocamos um olhar. Ela sorriu e começou a desabotoar o sobretudo. Era a única peça de roupa que vestia.

Entramos no quarto do motel e fiz o sobretudo escorrer pelos ombros de Marta Regina. Apanhei a faixa que fazia as vezes de cinto, amarrei seus pulsos às costas. Levei-a até a cama e a acomodei de maneira que ficasse apoiada sobre os joelhos, as pernas abertas, o rosto comprimido contra o lençol. A luz avermelhada do quarto caía sobre as formas de Marta, sua respiração arfava, transtornando meus pensamentos. O suor escorria do meu rosto e minhas mãos tremiam quando afrouxei meu cinto.

— Me desamarre, por favor — pediu Marta, deitada de bruços, a voz abafada, o corpo, apesar da luz escassa, exibindo os vergões que eu lhe infringira. Ela esfregou os pulsos assim que as mãos ficaram livres. Bebeu um gole de água direto da garrafa que estava na cabeceira da cama e deitou-se sobre as costas. As marcas dos meus dentes ainda estavam impressas ao redor de um dos mamilos. Logo, a mancha roxa se formaria. — Preciso ir.

Eu perdera a noção das horas. Ainda era noite, as ruas mudas, a claridade das lâmpadas se infiltrando pela fresta da cortina.

— Tu tem algo para me contar, não é?

Ela hesitou por um momento antes de responder.

— Tu quer mesmo saber?

Foi minha vez de permanecer calado.

— O sucesso do meu marido não vem somente da capacidade profissional dele. Ele está envolvido em muitos tipos de negócios, nem todos eles totalmente lícitos. E eu estou sendo implicada neles. Não quero que isso aconteça, mas, ao mesmo tempo, não posso evitar.

— Por que não?

— Ele não permite. Me pede coisas, me faz assinar papéis, enfim, me compromete de todas as maneiras.

— Que tipo de negócios?

— Lavagem de dinheiro. Através dos negócios do clube. E com somas cada vez maiores.

— E para o que ele precisa da tua assinatura?

Marta hesitou um momento, mas terminou falando:

— Há uma conta que só eu manipulo. Os depósitos e retiradas são constantes. E o saldo que fica nela é cada vez maior.

Era normal que Heleno Külbert recebesse uma comissão por esse tipo de negócios. Uma regra subentendida no universo do futebol. Ninguém trabalha de graça. Mesmo que já receba um gordo salário para isso. Eram acertos feitos com antecedência. Ao escutar meu comentário, Marta me olhou quase assustada e falou:

— As comissões vão para uma conta no exterior. Esse dinheiro é roubado, e está no meu nome. Imagina se alguém descobre.

— Com quem teu marido faz negócios?

— Conheço um ou outro somente. Mas ele não escolhe. A maioria está envolvida com o tráfico. Gente do último nível da cadeia. Se eu te falasse alguns nomes...

Há momentos na vida em que tudo se resolveria com um silêncio, um olhar para o outro lado, ou um simples gesto, mas nos perdemos com as palavras, com nosso maldito afã por consolar, por tentar parecer superior ou acreditar que podemos ser verdadeiramente solidários. O que aconteceu no meu caso? Um pouco de cada coisa, somado ao fato de que eu não imaginava minha vida sem aqueles momentos com Marta Regina.

— Tu está exagerando. Salta fora dos negócios dele. É só dizer que não quer mais envolvimento algum e pronto.

A CICATRIZ INVISÍVEL

E tem a alternativa do divórcio...

Marta virou-se de bruços, apertou o travesseiro com os braços e falou sem me olhar:

— Por que tu quer que eu me divorcie?

Permaneci calado e, em vez de falar, deitei-me sobre ela, que abriu as pernas adivinhando minhas intenções.

Deixei Marta em frente ao bar pouco antes do amanhecer. Dessa vez não a segui. Nas ruas os ônibus começavam a circular com mais frequência, estudantes e trabalhadores caminhavam rumo às paradas ou em uma direção que somente eles conheciam. Tomei café em uma padaria e resolvi ir até a redação. O movimento iniciava, mas as ilhas com computadores estavam em sua maioria desocupadas. Sentei-me em frente a um deles, digitei minha senha e coloquei o nome de Heleno Külbert no aplicativo de pesquisa que continha o acervo do jornal. Seu nome aparecia em várias matérias e, em uma delas, havia um dossiê sobre ele com várias fotos.

Descobri que Külbert nascera no mesmo bairro que eu, na zona norte da cidade, embora fosse alguns anos mais velho. O pai era um pequeno empresário e Heleno, desde jovem, se ocupava da parte administrativa do negócio. Diplomou-se em Economia e fez pós-graduação no exterior, especializando-se em Desenvolvimento Financeiro e Administrativo. Sua tese propunha um projeto revolucionário para clubes de futebol. Na volta, iniciou um trabalho na agremiação para a qual torcia e, nos últimos dez anos, empreendera uma reestruturação que times de vários estados já copiavam. Além disso, atuava como palestrante e professor em duas faculdades. Senti vontade de acrescentar que "lavagem de dinheiro e outros negócios ilícitos" eram parte importante no seu estoque de recursos "inovadores". Mas as práticas de Heleno não me interessavam. Somente seus reflexos no comportamento de Marta e na continuação dos nossos encontros. Ainda assim não havia o que eu pudesse fazer. O dinheiro está acima de tudo. Especialmente da verdade. Külbert era admirado pela torcida do seu time e levantar suspeitas sobre ele era mexer com o perigo em todos os sentidos imagináveis. Nenhuma mulher valia o risco. Era o que eu repetia mentalmente enquanto me afundava mais e mais no envolvimento com Marta Regina.

Não perguntei para Marta como ela conseguira passar aquela noite ao meu lado, mas deduzi que Külbert estivesse viajando. Reli as páginas esportivas dos últimos dias e não havia menção ao executivo. Evitei falar com os repórteres sobre o assunto. Já fizera perguntas antes. Eu era um raro jornalista que não se interessava por política. Nem a partidária, nem a dos clubes. Já vivera o bastante para saber que ninguém luta pela felicidade alheia sem visar o próprio benefício. Eu não era ingênuo. Ao menos era o que pensava. Mas resolvi arriscar uma conversa com Avalone. Como sempre, o encontrei no fumódromo.

— São as novas pragas do futebol. Há de todos os tipos, mas garanto que os que vão proliferar mais são os inescrupulosos. O relacionamento com os cartolas é propício para isso. Este Külbert é um tipo discreto, o que pode significar que seja um profissional correto ou um gato muito fino. Por princípio, tendo a crer mais na segunda hipótese. Mas por que tu quer saber? Tu nunca te interessou por dirigentes de futebol.

— Curiosidade. E não quis perguntar nada para os repórteres. Sabes como eles são, sempre imaginando que estamos encobrindo algum furo.

Avalone terminou o cigarro e saiu para uma reunião. Dois dias passaram sem notícias de Marta Regina. Liguei

A CICATRIZ INVISÍVEL

para o celular que ela me fornecera.

— Podes falar? — perguntei cuidadoso.

— Claro. É que eu não reconheci o número.

Eu utilizara uma das linhas da redação em vez do meu número particular.

— Queria saber como tu vai, como estão as coisas para ti.

— Tudo igual, mas obrigada pelo interesse.

— Resolveu o problema sobre o qual falamos?

— Já te disse que tudo continua igual e, além do mais, não quero falar sobre isso ao telefone.

— Poderíamos nos encont…

— Precisamos dar um tempo. Eu já te falei. E agora tenho que desligar.

Ela cortou a ligação e fiquei imaginando o que poderia estar acontecendo. Mas eram as lembranças do último encontro que se impunham. Queria tocar a pele de Marta novamente, sentir seus gostos e cheiros, escutar seus apelos e sussurros doloridos.

Durante dias, frio e chuva varreram a cidade provocando alagamentos, perturbando o trânsito, o tom cinza das nuvens dominando a paisagem. Ainda assim houve público nos estádios, os resultados surpreendentes marcando uma reviravolta no campeonato nacional.

O time que liderava a competição encarou um adversário fraco, tido como candidato ao rebaixamento. Ao final do primeiro tempo, ganhava de dois a zero. Veio a segunda etapa e um outro jogo se iniciou. A equipe que parecia derrotada renasceu, fez um gol nos primeiros minutos e começou o desmonte do seu oponente, atônito frente aos acontecimentos. A chuva aumentou, reforçando o tom épico da reação. Ao final, três a dois numa virada desconcertante. O líder disparado podia ser alcançado por mais duas equipes. A atmosfera, que no início sugeria a ira dos deuses do futebol, coléricos frente a uma liderança inócua, revelava ao final o regozijo deles com o reinício das batalhas pelo título numa festa de vento, raios e trovões.

Por mais de uma semana não soube de Marta Regina. Resolvera esperar que ela me contatasse após nossa última conversa.

Nos dias de jogos noturnos eu gostava de ir até a redação para escrever a minha crônica sobre a partida. A sala imensa, habitada pelos raros vultos de plantão, me agradava. Havia menos luzes acesas e as ilhas escurecidas coladas às bancadas em que repousavam os terminais desligados eram um convite à escrita.

Cheguei em casa vindo do jornal passada a meia-noite. Ao verificar o sistema de mensagens no computador, o texto surgiu à minha frente: "Me liga por favor. Não importa a hora que chegares."

Era de Marta. Digitei uma resposta, mas ela não estava conectada. Chamei seu número de celular.

— Por que tu não me ligou? — perguntei.

— Era dia de jogo. Tu devia estar trabalhando no estádio — disse Marta.

— O que aconteceu?

— Preciso que guardes uma coisa para mim — ela respondeu num tom sussurrado.

— O quê?

— Um pacote.

— O que tem no pacote?

— Algo que me pertence e que não quero que ninguém veja.

— E por que tu me escolheu?

— Porque tu é a única pessoa em quem eu confio.

A CICATRIZ INVISÍVEL

Existem momentos que definem uma vida. Aquele foi um deles. Eu era indiferente à opinião dos outros ao meu respeito. As pessoas ao meu redor não tinham significado para mim, mas as palavras de Marta Regina foram o suficiente para que eu violasse a regra básica de toda uma existência: nunca me envolver na intimidade alheia. A cama e os motéis eram o ponto extremo que eu me permitia. Quase não acreditei nas minhas palavras:

— Onde nos encontramos?

Dessa vez não foi em nenhum bar. Marta escolheu o estacionamento de um supermercado. Marcamos para a manhã seguinte. Ela empurrava um carrinho com compras. Dentro havia um pacote pardo enrolado em um saco plástico com o logo da rede de compras.

— Será por alguns dias. Não se preocupe. Muito obrigada.

Ela me entregou a encomenda e seguiu em direção a uma das fileiras de carros. Não sabia o que fazer. Voltei para meu automóvel e contemplei o embrulho. Não podia guardá-lo em casa. A faxineira era curiosa e, independente do que estivesse ali dentro, eu não queria mais comprometimentos. A loucura me dominava e eu confundia neurose com prudência. Abandonava procedimentos seguros em troca de um prazer cada vez mais insaciável.

Lembrei-me do guarda-volumes do aeroporto. Dirigi até lá, escolhi uma das portas e acomodei o volume em seu interior. O local estava lotado, os voos atrasados devido às chuvas e nevoeiros transtornando o ambiente. Uma chance a menos de ser percebido. Guardei a chave no bolso e fui para a redação. Fiz meu comentário na rádio direto do estúdio e a ideia me assaltou próximo de casa. Dobrei na primeira esquina e cortei o máximo de trânsito possível dirigindo por vias laterais até chegar à estação rodoviária. Estacionei e fui ao setor de armários. Uma parede repleta de pequenos cofres aos quais se atribuía um segredo. O movimento era menor que no aeroporto, mas o lugar era mal iluminado. Interpretei como outro sinal positivo. Aluguei o espaço por uma semana, coloquei a chave do armário do aeroporto dentro, tranquei a fechadura e dirigi para casa.

Não consegui me concentrar na leitura, tentei sem nenhum resultado escrever algumas linhas de ficção, mas os pensamentos retornavam sempre para Marta e o pacote. Ao menos me livrara de acidentes. Paguei o aluguel com dinheiro vivo. Não houve pedidos de nomes ou documentos, mas eu estava envolvido. Se o pacote que recebera de Marta era produto de um roubo, eu agia como receptador. Caso fosse dinheiro e tivesse uma origem ilegal, além da infração, me intrometia nos interesses de gente muito perigosa. E por que me deixava levar? Já declarei desconhecer a paixão. Naquela época, era incapaz de aceitar que estava doente. Descobri o mal silencioso me consumindo tarde demais e a única saída foi a extirpação. Avaliando como tudo terminou, fico tentado a dizer que tive sorte. Guardo feridas abertas e marcas que ninguém mais enxerga, mas, acreditem, poderia ser muito pior.

— Preciso te ver.

A voz de Marta me despertou. Eu perdera a noção de quanto tempo estava em frente ao computador tentando escrever a coluna para edição dominical. Quase duas semanas haviam transcorrido desde nosso encontro. A ansiedade e o desejo se tornavam medo sem que eu percebesse. Era um dia de claridade opaca após setenta e duas horas de chuva incessante. O final da manhã se aproximava e logo eu receberia a ligação da rádio para fazer meu comentário.

— Quando?

Queria ir ao encontro e atirar o embrulho em seus braços, dizer que ela deveria me esquecer, que nossa ligação fora breve e terminara. Bloquearia seu acesso ao meu celular e endereços na internet para me livrar de tudo que lhe dissesse respeito. Mas o som daquela voz e as lembranças que ela trazia me desarmaram.

— O mais rápido que tu puder.

Era minha chance de acabar com aquela relação que fornecia prazer enquanto me consumia, seguir a vida como havia projetado, como tinha vivido até o reencontro com Marta Regina. Bastava o tempo necessário para ir ao aeroporto e à estação rodoviária. Olhei o relógio. Estava na hora da ligação da rádio.

— Preciso do pacote que te entreguei — continuou Marta.

Demorei para acreditar no que ouvia. Era perfeito. Uma chance única, e desta vez eu não desperdiçaria a boa sorte. Mas o desejo se impunha e minhas vontades enfraqueciam.

— Daqui a duas horas.

— Em frente ao bar.

— Ele está fechado a esta hora.

— É só o ponto de encontro. Não quero ficar por lá.

Ela desligou e suas últimas palavras martelaram meus pensamentos.

Vestia o mesmo sobretudo preto, mas dessa vez usava calças claras. Carregava uma sacola de lona e entrou no carro apressada.

— Vamos para longe daqui — ela falou olhando para os lados.

— Aonde queres ir?

Marta sorriu e eu não hesitei.

Contemplei a mulher amarrada à cadeira no quarto do motel. Tinha a cabeça jogada para trás, os cabelos revirados, a testa umedecida por um suor gorduroso, os olhos fechados, saboreando os restos da última onda de prazer. Recuei e me sentei na cama, exausto, mas fascinado pelo tempo que passara junto àquela mulher que me fazia descobrir necessidades ocultas e prazeres inimaginados. Trocáramos poucas palavras, eu dirigira mais rápido do que de costume, a paisagem invisível frente à ânsia que a proximidade a Marta Regina me provocava. O pacote que eu buscara no aeroporto e a sacola que ela trouxera ficaram no carro, como se nada significassem. Arrancamos nossas roupas enquanto nos beijávamos, as peles arrepiando ao sentir os primeiros toques, o suor se formando nas partes dos corpos que se roçavam, as vozes sussurrando palavras que se perdiam nas respirações entrecortadas, urros misturando dor e prazer. Não recordo o momento que amarrei Marta à cadeira, que a vendei utilizando a fronha arrancada de um dos travesseiros. Lembro somente dos carinhos que infringi, dos gostos que senti, do sabor das carnes presas entre meus dentes.

Levantei, fui até ela e soltei o nó que prendia seus pulsos. Marta continuou na mesma posição e falou com os olhos fechados, a cabeça jogada para trás:

— E o pacote que te entreguei, onde está?

— No carro.

— Tenho que devolver ele ainda hoje.

— O que tem dentro?

— Dinheiro — Marta respondeu após algum tempo, respirando fundo ao término da frase.

Ela moveu-se pela primeira vez, levantou e veio na minha direção, a nudez resplandecendo na penumbra

A CICATRIZ INVISÍVEL

avermelhada que as luzes do quarto emitiam. Parou, o sexo a poucos centímetros dos meus lábios, tocou meu queixo e ergui o rosto.

— Não pergunta mais nada. Quanto menos tu souber, melhor. Só te pedi para guardar esse pacote porque foi uma emergência.

— Qual é o teu papel no esquema? Tu é a mula que faz as entregas?

— Meu papel é o de tentar sobreviver.

— O que tu quer dizer com isso?

— Que depois que tu entra em certos mundos, é muito difícil sair deles. Agora chega de perguntar. Preciso ir. Tenho hora marcada pra fazer a entrega.

Deixei Marta em um ponto de táxi a poucas quadras do motel. Ela saiu do carro com o pacote de dinheiro escondido na sacola, olhando para o chão como se temesse ser descoberta. Em casa, liguei a televisão e assisti a uma das partidas mais surpreendentes do campeonato. O líder do torneio foi outra vez dominado por uma equipe média, que não lhe aplicou uma goleada porque seus atacantes eram muito deficientes. O campeonato embolava, destruindo os favoritismos estabelecidos nos primeiros meses. Não era a primeira vez que uma virada acontecia. O futebol, como eu mesmo dizia, não é para ingênuos, mas o meu grau de lucidez era insuficiente para visualizar o que realmente se passava.

Naquela tarde, Marta Regina desapareceu da minha vida. No sistema de mensagens do computador ela estava sempre ausente e o número de telefone que ela me dera vivia desligado. Após os primeiros dias de ansiedade, pensei que o melhor acontecera. Como um viciado que se recupera, precisava apenas suportar o período de desintoxicação, ponte para um novo caminho e uma vida melhor. Comecei a ter dificuldades para me concentrar no trabalho e, durante algumas partidas, as lembranças dos momentos ao lado de Marta Regina invadiam lances e jogadas. Passei muitas vezes em frente ao prédio onde ela morava na esperança de encontrá-la, mas não obtive resultado algum. Cheguei a imaginar que o porteiro já reconhecia meu carro e os horários em que eu cruzava pela rua. Retomei um conto abandonado e consegui aprontar uma primeira versão, mas uma leitura criteriosa me fez retroceder à posição inicial até minha angústia ser substituída pela tristeza de uma notícia inesperada que abalou o restante do meu equilíbrio. Era um presságio do que estava por vir. Dizem que tudo o que fazemos volta para nós. Pode ser que sim, mas nunca da maneira que imaginamos, ou quais os atos que serão retribuídos. A vida é assim. Uma piada sem graça, contada por sádico. Somente os sábios conseguem rir dela. Na maioria das vezes somos fantoches de um destino que traçamos sem nos dar conta. Um lance inesperado num jogo de futebol, um passo em falso na vida. Não percebemos nenhum deles. Mas sofremos as consequências. A vida é simples. E cruel.

A MORTE DO GRANDE HOMEM

Há poucos dias perdemos uma personalidade que extravasava o jornalismo esportivo, seu campo de atuação. Ele era um homem de cultura, capaz de transformar um jogo de futebol em uma batalha épica, de descrevê-lo com a acuidade de um crítico de artes plásticas, de construir frases espontâneas com o mesmo rigor de um escritor meticuloso. Mencionar seu nome seria diminuir seu prestígio. Relacionar seus trabalhos é suficiente.

Sua narração era comedida, a emoção surgindo no momento e na dose correta. Gritos ou epítetos jocosos não pertenciam ao seu arsenal de recursos. Para ele, o passe a longa distância "fazia a bola deslizar pelo alto como um entardecer de outono, o sol caindo no pé do companheiro, ameaçando com a noite da derrota o adversário acuado". Os dribles de um jogador habilidoso "desnorteavam o marcador como a ventania do inverno, ou uma tempestade de verão". O craque era sempre "um artista da bola, um Picasso dos gramados, um Mozart das quatro linhas".

Seu humor também era elegante. Erros de passes, jogadas bisonhas, eram definidas como "lances de dar inveja aos Trapalhões", dribles frustrados denunciavam a "falta de guizos na bola" para que o jogador soubesse para onde estava indo. Gols perdidos de forma tosca "envergonhavam os deuses do futebol, que castigavam os infratores fazendo com que eles raramente se lesionassem e arrastassem sua inabilidade por gramados afora, submetidos ao escárnio das torcidas".

Aos jogadores dedicados, mas de pouco talento, proclamava seu respeito, declarando que "para além da maestria, havia os patrulheiros dos gramados", sem os quais esquemas não funcionariam, os talentos superiores brilhariam menos, "porque esses heróis anônimos constroem a ponte invisível para os craques descerem dos céus e nos maravilharem com jogadas divinas".

Sentiremos sua falta nas tardes de domingo, quando ele emprestava sua voz e intelecto para transformar partidas de futebol em espetáculos maiores, descrevendo com elegância momentos e jogadas, aumentando a tensão das disputas mais acirradas, tentando entender os motivos das derrotas, cantando as vitórias como um narrador de grandes epopeias.

E para nós, que convivemos com ele e fomos seus alunos, ficará a saudade do amigo perdido, do professor que dava lições através de seu exemplo diário. Uma parte importante do rádio esportivo se calou. Mas suas lições ficarão para sempre. À espera de um aluno digno do mestre.

(Coluna publicada na segunda-feira, dia do enterro de Avalone.)

A CICATRIZ INVISÍVEL

Chovia no dia do velório e a capela estava lotada. Percebi que não conhecia a família de Avalone, que nossas conversas se restringiram ao futebol e ao trabalho. Era tarde para me apresentar. Não saberia o que dizer. Ele foi o mais próximo de um amigo que eu me permiti na idade adulta. Em meus primeiros anos no futebol, eu tentara imitar sua postura e adotar seus conceitos. Sua morte fora inesperada, um ataque cardíaco. "A jogada fatal de um craque", como ele descreveria. Por algum tempo, seria lembrado pelos colegas e os ouvintes mais fiéis. Até os ventos do tempo sumirem com sua imagem. Nunca me sentira tão só.

Acompanhei o sepultamento à distância e esperei todos se afastarem para ir até o túmulo. Não encontrei pensamentos nem palavras. Fiquei olhando a laje escurecida, as fotos dos familiares já sepultados e conjeturei qual seria a imagem de Avalone que escolheriam para ornar os números de seu nascimento e morte. Caminhei de volta para a entrada do cemitério. Anoitecia, a chuva fina brilhando nas luzes recém-acesas das ruas, os faróis do carros cintilando no claro escuro dos cruzamentos.

Em casa, abri uma garrafa de vinho e procurei algo antigo em minha listagem de músicas no computador. As perdas se acumulavam. Nem mesmo o conforto físico trazido por Marta Regina restara.

Adormeci na poltrona, a imagem da garrafa esvaziada e do computador em modo de espera perdendo a nitidez até sumirem na escuridão do sono. Despertei com a primeira claridade da manhã nublada que permeava a janela.

O corpo doía, a boca exalava um gosto que em nada lembrava o vinho, mas o aroma das flores, das velas e das roupas úmidas dos presentes no velório de Avalone. Então a luz do computador brilhou e o nome de Marta

Regina apareceu.

Preciso te ver.

Quando?

Agora.

Preciso de um tempo.

Não tenho tempo.

O que aconteceu que tudo é tão urgente?

Explico pessoalmente.

Onde?

Na tua casa.

Relutei. Não recebia visitas. E ninguém entrava e saía da minha vida daquela maneira.

Não é possível.

Tem alguém contigo?

Hesitei novamente.

Não recebo visitas.

É urgente, preciso da tua ajuda. É a última vez, garanto.

Há momentos definitivos em nossas vidas, que só conseguimos avaliar passado muito tempo. Vale o mesmo para as palavras. E a última frase digitada por Marta foi uma delas. O perigo não é uma máquina desgovernada cujos ruídos nos previnem da sua chegada. Trata-se de um animal silencioso, se passando por desamparado. Ainda me pergunto como não percebi o que se passava. Conectar alguns fatos esclareceria tudo.

Sinto muito, mas aqui não pode ser.

Então adeus. Se tu não pode me ajudar, preciso fugir.

Fugir para onde, do quê?

Não tenho tempo para explicar. Adeus.

Foi então que cometi o erro definitivo. Escrevi ingenuamente:

Tu sabe onde moro?

Ela pediu meu endereço e disse que não demoraria.

A CICATRIZ INVISÍVEL

Pensei em tomar um banho, trocar de roupa, mas consegui apenas lavar o rosto e escovar os dentes. Abri a porta com o cabelo em desalinho e Marta surgiu à minha frente. Trajava o mesmo sobretudo preto e desta vez usava óculos escuros e uma boina cobria seu cabelo. Mas a maior novidade eram as malas. Arrastava duas enormes, de cor preta, as rodas inferiores rangendo ao deslizarem no corredor acusando o peso dos conteúdos. Entrou no apartamento e só retirou a boina e os óculos escuros depois que eu fechei a porta. Acomodou a bagagem no centro da sala e atirou-se em uma poltrona. Puxei a persiana para aumentar a claridade na peça, mas Marta pediu:

— Deixe assim. Não quero ser vista.

— Muito tarde para isso. O porteiro já te viu. Ele me pediu autorização para te deixar subir.

— Porteiros não têm boa memória ao amanhecer.

— O que está acontecendo, Marta?

— Preciso que tu guarde estas malas para mim.

— Impossível. Como tu tá vendo, o apartamento é pequeno, não tenho onde esconder elas.

— Coloca embaixo da cama.

— Tenho faxineira toda a semana. Ela descobriria.

— Elas estão trancadas.

— O que tem dentro delas?

— Dinheiro. Muito mais do que da outra vez.

— De onde vem este dinheiro, e a quem ele pertence?

— Este dinheiro volta para os traficantes. Gente que negocia drogas, influência, informações privilegiadas, aprovação de leis e projetos que lhes beneficiam. Tu tem uma sacola?

Eu queria fazer mais perguntas, mas a interrupção de Marta me desarticulou. Busquei a sacola que normalmente utilizava em minhas viagens. Ela abriu as malas e retirou pilhas de dólares e euros de cada uma delas. A sacola ficou estufada.

— Esconde junto — ela disse.

— Por quê?

— Fica melhor para transportar. Dinheiro pesa. E elas não vão ficar aqui por muito tempo.

Ela avançou na minha direção e disse:

— Não posso demorar.

Marta jogou a boina sobre a mesa depois abriu o sobretudo, que escorregou até o chão.

Venci o torpor que o prazer me trouxera ao sentir o sol batendo em meu rosto, a nesga de claridade escapando através das frestas da persiana. Estava nu, o corpo gelado, e minha boca exalava o gosto de Marta Regina. Na sala, as duas malas e a sacola confirmavam que eu não sonhara aquele encontro. Tomei um banho, vesti roupas limpas e tentei acomodar as malas no roupeiro, mas elas eram grandes demais. Embaixo da cama elas não entravam. Terminei deixando as duas na sala. Ao menos estavam trancadas. Olhei para sacola e decidi repetir a medida da vez anterior. Fui ao aeroporto, à rodoviária e retornei ao terminal aéreo, cumprindo o ritual que me dava a certeza das minhas ações.

O substituto de Avalone acreditava ser a emoção proporcional ao volume da voz, e os epítetos que ele inventava para os atletas eram vociferados entre descrições histriônicas das jogadas. Mas ele fazia sucesso e podia-se notar que grande parte do estádio o seguia. Desta vez o jogo não apresentou surpresas e o time mais qualificado venceu. Após a partida, fui até a redação e escrevi minha coluna. No caminho para casa encontrei a cidade como em muitas outras vezes àquela hora em uma noite de outono mais fria que o normal. Ruas desertas, tráfego

A CICATRIZ INVISÍVEL

miúdo, como se ela regredisse para o lugar dos meus tempos de criança, em que as distâncias eram menores e os trajetos alcançados com mais facilidade. Saí do elevador, a minuteria clareou o corredor e percebi que a porta do meu apartamento estava entreaberta. Empurrei a maçaneta, acendi a luz da sala e descobri o ambiente revirado. Nos quartos, banheiro e cozinha o quadro era o mesmo. Então me dei conta que as malas haviam sumido.

Perdi o equilíbrio e escorreguei até o chão. Olhei a confusão ao meu lado e lembrei do laptop. Apoiado na parede, cambaleei até o quarto em que ele deveria estar e me deparei com o lugar vazio na bancada. Meu corpo tremia, os pensamentos se perdendo enquanto eu inutilmente buscava pronunciar alguma palavra. Sem me dar conta do que fazia, retirei o celular do bolso após muito esforço e disquei o número da redação do jornal. A telefonista do plantão noturno atendeu e necessitou identificar mais de uma vez de onde falava antes que eu pronunciasse:

— Carlos Velasquez, por favor.

O telefone chamou inúmeras vezes até a ligação ser devolvida à central telefônica.

— Acho que ele não está. O ramal não está respondendo. O senhor quer deixar algum recado?

Reconheci a voz com quem eu falava. Era funcionária do jornal há mais tempo que eu. Identifiquei-me e ela perguntou se eu gostaria que tentasse transferir a ligação para o celular de Velasquez.

— Por favor — respondi.

Perguntou se eu estava bem, se precisava de ajuda.

— Só transfere a ligação, por favor.

Custou algum tempo para que a voz arranhada de Velasquez respondesse.

— Meu apartamento foi assaltado. Roubaram meu computador e levaram coisas que não me pertenciam, que eu estava guardando para uma amiga. Não sei o que fazer. Preciso de ajuda — eu disse.

No começo da conversa, Velasquez não reconheceu minha voz e me fez repetir o relato. Disse que ligaria para um delegado conhecido. Conferiu mais de uma vez o meu endereço e me pediu calma, tudo se resolveria. Desliguei o celular e olhei os livros atirados no chão, os DVDs fora das caixas espalhados pelo carpete, meus documentos amassados nas gavetas. Os tremores aumentaram.

O porteiro eletrônico chamou e eu permaneci sentado no chão, olhando o vazio que ocupava o lugar em que as malas deveriam estar, a campainha zunindo. Fui até a cozinha sem me dar conta dos meus movimentos, o gosto amargo do medo dominando minha boca, tornando o hálito fétido. A voz disse que três policiais queriam subir para falar comigo e eu não entendi a razão daquela visita. O telefonema para Velasquez e o sumiço das malas haviam desaparecido da minha memória. Autorizei a entrada e fiquei encostado ao umbral da porta esperando que eles chegassem enquanto os fatos se reconstituíam na minha mente.

— O senhor precisa fazer um inventário do que foi roubado e depois ir até a delegacia — disse o jovem detetive que viera acompanhado de dois colegas mais velhos, um deles portando uma máquina fotográfica que permaneceu intocada.

— Não forçaram a maçaneta — ele completou.

— Quem tem a chave da casa? — perguntou o que segurava a câmera.

— Só a empregada, mas ela já está comigo há mais de dez anos. Nunca mexeu em nada. Não faria uma coisa

A CICATRIZ INVISÍVEL

dessas.

— Neste tipo de coisa não existe idade para começar.

Sacudi a cabeça, negando aquela possibilidade. Forneci o endereço de dona Sandra conforme me pediram e, em vão, procurei um móvel para sentar-me. Era inútil. Todos estavam revirados pelo chão.

— A portaria tem câmera? — perguntou um dos policiais.

Tanto a portaria quanto a garagem possuíam câmeras. Descemos até a sala em que elas ficavam, expliquei ao funcionário de plantão o que acontecera e ele rodou as imagens do dia. Nada extraordinário. Os únicos estranhos a entrar no prédio foram uma corretora e sua cliente para ver um apartamento que estava à venda. Ela utilizara a vaga para visitantes que ficava em um canto distante da garagem subterrânea. As imagens a mostravam estacionando e saindo do carro, mas não a cliente. Em nenhum momento a placa do carro ficou visível. Parecia ter uma mancha de sujeira ou barro sobre os números e letras.

— Muita gente fica esperando o elevador enquanto o corretor estaciona. O ruim é que ali a câmera não pega — respondeu o porteiro após a observação de um dos policiais sobre a ausência de imagens da cliente. Na saída a cena se repetia e apenas uma sombra era vista entrando no carro. Subi com o agente que carregava a câmera até o andar do apartamento que estava para alugar. Ele anotou os nomes das imobiliárias e prometeu verificar.

— Não esqueça de fazer a listagem do que foi roubado e levar até a delegacia — repetiu o jovem detetive.

Eles foram embora, coloquei uma cadeira de pé e sentei. O que eu diria para Marta Regina? Nunca conseguiria recuperar uma soma tão grande. Não sabia quanto havia nas malas, mas devia superar o valor do apartamento, o único bem que eu possuía. Era o primeiro roubo que acontecia no prédio. E como o ladrão saíra com duas malas sem ser visto? Como passara pelas câmeras? E o que ele procurava para revirar o apartamento daquela maneira? Chamei o telefone de Marta Regina, mas ele estava desligado. Então teclei o número da faxineira, expliquei a minha situação, disse que talvez a polícia a procurasse para pedir informações, mas que ela não deveria se preocupar. Era apenas rotina. Por último, solicitei uma limpeza extra. Ela tinha os dias tomados, porém, para me ajudar, poderia vir no meio da tarde, quando saísse de uma das casas onde trabalhava. Aceitei e comecei a juntar primeiro os livros, depois os DVDs, que coloquei misturados na estante. Eram minha única companhia e doía ver que tinham sido pisoteados.

Liguei para a rádio e pedi para ser substituído no comentário do meio-dia. A faxineira assustou-se com o estado do apartamento e não parou de vociferar contra a falta de segurança no país até ir embora. Tentei elaborar a lista que o policial havia pedido, mas parei ao notar que apenas as malas e o computador haviam sido roubados. O assaltante tinha como objetivo as malas. O laptop e o vandalismo poderiam ser um despiste, ou ele buscava algo que eu desconhecia. Um objeto que deveria estar dentro das malas e que, ao abri-las, ele não encontrou? O dinheiro possuía uma origem ilícita. Marta Regina podia ter sido seguida. Nos viram juntos e imaginaram que eu era cúmplice. Marta sumira, e Külbert, o que teria acontecido com ele? Liguei para o jornal e falei com um dos repórteres. Ele viajara no início da semana. Especulavam que arquitetava um grande lance, provavelmente a contratação de um jogador que atuava no exterior. Desliguei imaginado que a verdade poderia ser outra: Külbert fugi-

A CICATRIZ INVISÍVEL

ra ou fora pego. Ele e Marta poderiam estar…

Os esclarecimentos surgiram semanas depois.

A angústia dos primeiros momentos foi sendo substituída por uma tensão incessante e eu buscava me convencer de que nada aconteceria, que eu me recuperava de uma espécie de pesadelo e a vida embarcava rumo à normalidade. Não perguntei mais por Külbert e tentei me concentrar no trabalho. Comprei um novo computador, recuperei meus arquivos, mas perdi os registros de conversas no sistema de mensagens. Retomei um conto que havia iniciado, sem conseguir avançar na escrita. O futebol era a única atividade que me roubava daquele estado durante o transcorrer de uma partida. A tensão do jogo e as possibilidades de cada lance me faziam esquecer a sensação de ser observado, de temer o fim a cada momento. Foi em um intervalo, ao início de um segundo tempo, que o pensamento começou a tomar forma.

Eu esquecera do dinheiro guardado na rodoviária! Poderia sumir por um tempo. Tinha férias vencidas. Quem roubara as malas não sabia da existência da sacola. Aquele dinheiro era meu. A chave do armário no aeroporto continuava guardada no cofre da rodoviária. Amanhã falaria com o diretor de redação do jornal e com o gerente-geral da rádio. O campeonato estava na metade, seria difícil autorizarem férias nesta época, mas, ainda assim, faria uma tentativa. Minha tão adiada viagem para Machu Pichu se tornaria realidade.

Voltava do estádio, passava de meia-noite. Deixei o carro na garagem, tomei o elevador e, ao chegar em frente ao apartamento, me perguntei se não era hora de me mudar. Uma vida nova precisava de uma casa nova. Com o dinheiro existente na sacola poderia até mesmo comprar algo um pouco maior. Girei a fechadura pensando qual a razão para comprar um apartamento maior. Vivia só e não tinha o menor desejo de alterar aquela condição. Acendi a luz da sala e gritei ao ver o homem sentado no sofá. Em pé, ao seu lado, estava um sujeito alto e forte.

— Pode entrar. Não há razão para ficar assustado. Afinal, a casa é sua, não é mesmo? Nós é que chegamos cedo demais e resolvemos entrar sem convite — disse a voz pausada de Heleno Külbert.

Hesitei entre fechar a porta e sair correndo, ir até uma delegacia, entregar o dinheiro e contar tudo o que eu sabia. Mas o acompanhante de Külbert pareceu adivinhar meus pensamentos e me encarou, as feições exprimindo o motivo de sua presença. Bati a porta e avancei alguns passos na sala.

— Sente-se por favor. Como eu já falei, a casa é sua — prosseguiu Külbert, apontando para a poltrona que ficava à sua frente. — Imagino que o senhor saiba por que estou aqui, ou melhor, por que estamos aqui — sentenciou me encarando, um sorriso ameaçador cravado nos lábios.

— Não tenho a menor ideia — respondi.

— O senhor tem algo que me pertence e que eu quero de volta.

— Não tenho nada a não ser o que o senhor vê aqui. O senhor entrou na casa errada. E, por falar nisso, como entrou aqui? Quem autorizou a portaria?

Külbert suspirou, passou a mão pelo rosto e me olhou com a expressão abatida. As persianas estavam fechadas, mas, pelo barulho que espoletava delas, concluí que começava a chover. Um vento frio correu pelo ambiente e lembrei que deixara a janela do banheiro aberta. Olhei ao redor. O restante da casa estava às escuras, o que dava às luzes da sala um tom sinistro.

A CICATRIZ INVISÍVEL

— Portarias são instituições falhas e porteiros são profissionais de fácil acesso. Mas vou lhe mostrar uma coisa para que o senhor veja que não tenho tempo para perder e que não estou brincando. Edmundo, por favor, mostre a ele.

Um sorriso apareceu no rosto sério de Edmundo. Só então notei que ele segurava um laptop na mão direita. Abriu o aparelho, ligou-o e acionou os aplicativos.

— Desde o começo? — ele perguntou voltando-se para Külbert.

— Faça um resumo. Mas não deixe nenhuma fase de fora. Não quero que depois ele diga que não sabia de tudo com detalhes — respondeu Külbert me encarando. — Estas imagens foram feitas entre ontem à tarde e hoje pela manhã. Esta pessoa fazia a ligação entre os financiadores e os financiados. Mas ficou muito ambiciosa e resolveu aumentar por conta própria os seus ganhos. Preste atenção.

A imagem de Inarjara Vargas apareceu na tela. Estava sentada em uma cadeira e tinha as mãos amarradas às costas. Um homem cujo rosto não era mostrado aproximou-se dela e perguntou:

— O que aconteceu com o dinheiro, onde ele está?

— Eu já disse que entreguei ele todo para a Marta. Ela disse que ia guardar e sumiu. Faz um tempo que eu não vejo ela.

— Nós te entregamos o dinheiro. O que ela fez com ele, onde ela se escondeu?

— Não sei, a Marta...

Inarjara não completou a frase. Duas bofetadas varreram seu rosto e um filete de sangue começou a escorrer de um canto de sua boca.

— Eu já disse que ela sumiu. Ela me entregou as outras malas e depois desapareceu. Não dá pra entender?

— ela respondeu num tom que misturava medo e raiva.

O homem voltou a esbofeteá-la, agora repetidas vezes, e Inarjara começou a chorar.

— Eu não gosto de fazer isso, mas preciso resolver este assunto de uma vez. Onde está o dinheiro? Fala, senão vou te machucar ainda mais.

— Eu não sei — gritou Inarjara recomeçando a chorar.

Edmundo parou a imagem e fez o vídeo avançar.

— É entediante assistir a tudo; o melhor é ter uma noção de todas as etapas — disse Külbert como se falasse de uma apresentação institucional.

A nova cena mostrava Inarjara com os seios nus e dois prendedores de metal fixos aos mamilos. O nariz e os lábios sangravam, o rosto intumescera. O homem achegou-se e comprimiu os prendedores. Inarjara gemeu, repetiu com voz chorosa que não sabia o que acontecera com o dinheiro, que Marta sumira e não devolvera a parte combinada. A imagem do torturador desapareceu, um zumbido soou, e logo Inarjara se contorceu gritando de dor. O barulho cessou, a mulher voltou a dizer que não sabia de nada, que também fora enganada. Edmundo parou novamente as imagens e, quando elas voltaram, Inarjara permanecia amarrada à cadeira, mas suas roupas tinham sido rasgadas e pelas coxas escorriam filetes ensanguentados. A respiração era entrecortada, a voz soava enfraquecida. Com esforço, ela pronunciou o meu nome, disse que Marta comentara sobre como eu seria útil nos planos que ela tinha. Edmundo desligou o computador e ele e Külbert me fitaram com olhares risonhos.

— Não sei sobre o que ela está falando — eu disse.

— Não faça isso. Quer experimentar o mesmo que a Inarjara? No final todos falam. É só questão de tempo,

A CICATRIZ INVISÍVEL

da capacidade em suportar a dor. Por que passar por tudo isso? — suspirou Külbert ao concluir a frase.

Meu olhar vagou dele para Edmundo e suas expressões neutras me confirmaram que não blefavam. Eram craques naquele metiê. Exibiam a frieza daqueles que sabem o desfecho de cada lance, conhecedores dos caminhos para as vitórias. Suspirei e descrevi a visita de Marta Regina, o pedido para guardar as malas e o assalto. Külbert refletiu por um momento e disparou:

— Quero a história toda. Ninguém guarda malas para os outros de graça. Há quanto tempo tu andava comendo ela? — Não respondi de imediato e o executivo insistiu: — Vais contar tudo de uma vez ou precisas que o Edmundo te dê um incentivo inicial?

O tom da voz mudara. Olhei para Edmundo, que sorriu novamente enquanto esfregava o punho fechado com a palma da mão esquerda. Um suor gorduroso escorreu pelo meu rosto.

— No começo eu não sabia que ela era tua mulher — menti.

Külbert soltou uma risada que balançou seu corpo. Depois me olhou e disse com voz neutra:

— Eu não sou casado. E, se decidisse casar, jamais escolheria a Marta. Ótima trepada, preciso admitir, mas nada além disso. Ela é uma espécie de erva daninha. Encantadora, mas venenosa. Planejou tudo desde o começo. Te usou. Tu é mais um dos tantos coitados que ela manipulou. E o preço da tua estupidez pode ser a tua vida.

— O que tu tá dizendo? — falei aparvalhado, o tremor dominando meu corpo.

— O que tu ouviu. Nunca fui casado com Marta. Ela é uma puta, metida com negócios sujos e com gente suja. E ela faz a parte mais imunda do serviço. E sem o menor pejo. Acho ela ainda pior que a Inarjara, que também é outra trepada de respeito.

— Eu vi ela entrando no prédio onde tu mora, o porteiro deixou ela entrar! — exclamei revoltado.

— Marta é uma mulher de muitos recursos. Ela chegou a ir na minha casa algumas vezes. Deve ter enrolado o porteiro para conseguir entrar. Ou quem sabe deu pra ele. Quando ela quer alguma coisa sempre dá um jeito de conseguir.

— Eu não tenho nada a ver com isso. Não sei de nada, só fui utilizado. Por que tu não procura por ela?

— Porque daria na vista, porque vão saber que fomos passados para trás por uma vagabundazinha que traficava drogas. É por isso.

— E se ela sumiu? Se nunca mais aparecer?

— Aí vou ter que inventar uma história e achar um culpado. Não posso assumir o prejuízo sozinho.

— De quem é este dinheiro?

Külbert suspirou, balançou a cabeça e mirou o chão antes de falar.

— Há quantos anos tu trabalha no jornalismo esportivo?

— Quase vinte — respondi.

— E tu não aprendeu nada?

— Nada sobre o quê?

— Sobre a verdade no futebol! De onde tu achas que os grandes clubes europeus tiram dinheiro para gastarem o que gastam? Tu nunca te perguntou isso?

Não respondi.

— Pois eu vou te dizer... — prosseguiu Külbert — lavando dinheiro. É isso mesmo, lavando dinheiro, fechando os olhos para os milagres financeiros que executivos como eu produzem. E no final todos ganham. Até

A CICATRIZ INVISÍVEL

mesmo o esporte. Os estádios lotados, os times vencedores, a torcida feliz, os jogadores enriquecendo, e nós, os responsáveis por tudo, ficando com uma fatiazinha, mas que, mesmo assim, é muito significativa. O dinheiro que Marta roubou era esta parte. Tenho uma dívida para pagar. Gente que tomou riscos potenciais para que tudo se realizasse. Não posso simplesmente virar as costas e dizer que fomos roubados. E as perspectivas de lucro são ainda mais promissoras este ano. Tu viu as reviravoltas no campeonato? Não são excitantes?

— Tudo isso é armado?

— Nem tudo. Mas alguns passos fundamentais são "orquestrados" para que as disputas não fiquem monótonas. Só isso. E quem tem mais dinheiro "rege melhor a orquestra". Entendeu? — Não respondi. Külbert prosseguiu: — Agora esquece isso e dá um jeito de devolver o dinheiro que tu pegou.

— Não peguei dinheiro algum, foi a Marta!

— Não me interessa. O dinheiro estava contigo. Dá um jeito de achar ela.

— Como vou fazer isso? Sou um jornalista! Tu é quem tem conexões, pode descobrir onde ela está sem problemas!

— Não vou sair por aí pedindo favores à toa. Já disse que não vou revelar que fui passado para trás por uma putinha traficante.

— E se o dinheiro não aparecer? O que tu vai fazer? — insisti.

— Já te disse, vou achar um culpado que valha a pena. Alguém de peso. Quem sabe um jornalista conhecido que se corrompeu e roubou o dinheiro. Tem gente que vai se oferecer para "cuidar" de ti.

Eu não possuía amigos entre os dirigentes dos clubes,

mas não imaginava ser odiado. Külbert ergueu-se e caminhou até a porta.

— Tu tem duas semanas. Edmundo vai entrar em contato para marcar o local e a hora da entrega do dinheiro.

— E se eu...

— Não insista com perguntas bobas — disse Külbert com rispidez.

Fiquei só e a tremedeira varou meu corpo. O estômago se revoltou e precisei correr para o banheiro. Tinha o hálito fétido, os pensamentos minados pelo pavor. Voltei para a sala tentando rever o que acontecera, mas era impossível pensar. Na minha mente reinava uma única ideia: devolver o dinheiro e salvar a minha vida. Naquele momento, lembrei de Veslasquez. Ligaria à primeira hora da manhã.

Não consegui dormir. Fiz apenas cochilos cortados por pesadelos em que Edmundo ou Külbert surgiam com as mãos ensanguentadas e eu sentia uma dor incontrolável, despertando para fugir de uma morte atroz. Na última vez desisti do sono, fui até a cozinha, preparei um café e vi o dia aparecer. Por alguns momentos, o pavor cedeu e memórias de livros e jogos sobre os quais eu escrevera surgiram em minha lembrança, como momentos distantes que eu arriscava não revisitar.

Ele estava na redação e atendeu ao primeiro toque do telefone. Perguntei se lembrava do roubo no meu apartamento.

— Claro — disse Velasquez. — Nenhuma novidade até agora?

Respondi que não e era por isso que eu o incomodava.

— Roubo assim é complicado. Eles se desfazem do

A CICATRIZ INVISÍVEL

material muito ligeiro. E a polícia não tem gente para investigar cada caso — afirmou Velasquez.

Era por isso que eu o incomodava outra vez, completei. Precisava recuperar um material que estava no meu laptop, era particular e precioso para mim. Queria saber se investigadores particulares existiam mesmo.

— Queres uma indicação de um detetive particular? Posso te passar o telefone de alguém de confiança, um policial aposentado que sempre foi correto. Mas já te aviso: vai custar caro.

Eu disse que estava disposto a pagar.

— Então anota aí — disse Velasquez. — Espero que ela valha a pena — completou ele com um sorriso que tentava soar irônico.

— Tu não imagina quanto — respondi antes de desligar.

A secretária eletrônica pediu que eu deixasse um recado e o número do telefone. O investigador Osório não podia atender no momento, mas retornaria a ligação.

O detetive ligou no final do dia. Eu disse que precisava encontrar uma pessoa que há muito tempo não via. Marcamos uma entrevista para a manhã seguinte. Seu escritório ficava no centro da cidade, em um edifício antigo, na rua mais famosa daquele bairro decadente. Da janela que iluminava o andar podia-se ver um pedaço do rio margeando a orla abandonada. Havia restos de bruma naquele horário, mas o sol brilhava sobre os telhados, espalhando luz e o pouco calor do qual era capaz nessa época do ano. Osório era um homem baixo, calvo, de pele morena e olhos claros, o bigode já grisalho aparado nos cantos dos lábios. Perguntou se o fumo me incomodava. Respondi que não e ele acendeu um cigarro. Atrás da escrivaninha parecia ainda menor, empunhando uma caneta tinteiro, pronto para anotar a história que eu contaria. Trocamos um olhar e observei a desconfiança brotar em sua expressão ao final de cada uma das minhas frases. Pouco importava. O fundamental era descobrir o paradeiro de Marta Regina.

UM JOGO DE RESULTADOS

Um técnico famoso declarou que o futebol não é um jogo de mérito, e sim de resultado. Essa é uma das melhores sínteses sobre o esporte. Ao final dos noventa minutos, pouco importa se uma das equipes massacrou o adversário, se o goleiro operou milagres contínuos e as traves sacudiram inúmeras vezes devido a constantes bolaços. Somente o gol dá a vitória. Ao contrário do boxe, não são anotados pontos. A única redenção é o nocaute. Bons desempenhos, se não são transformados em escore, nada valem. O placar é quem rege os destinos. O futebol bem jogado, se não for efetivo, não possui serventia. Times lendários são os campeões. Seus desempenhos muitas vezes são enfeitados pelo transcorrer dos anos, mas os títulos é que são reais. As vitórias magras, obtidas num único lance não serão lembradas dessa maneira na história da conquista de um campeonato. O triunfo supera as circunstâncias.

Existem equipes célebres que não ganharam títulos. A Holanda de Johan Cruyff, a Hungria de Puskas, mas são exemplos solitários que servem para confirmar a regra. O

Brasil de 1982, que encantou o mundo com suas jogadas e o talento de seus craques, é tido por muitos como um exemplo de ingenuidade, pela falta do toque de perversidade necessário em momentos decisivos. Jogou bonito e perdeu. Cunhou o título de ingênuo e, como se sabe, eles não têm lugar no mundo do futebol. Os esportes movidos por escores são implacáveis. Mas este jogo, levado a uma lógica tão rasa, perde o encanto, dirão alguns. Não. Como na vida, há a excessão. O encanto, a magia que transforma o feio em belo, quem a possui é o craque, o atleta de talento superior, capaz de, em um lance, justificar a estratégia precária, que busca somente o resultado, e trazer o belo até o gramado, fazendo do gol, razão de todo o esforço, um momento inusitado capaz de maravilhar os mais céticos.

Mas, no final, o resultado se impõe. Conceito algum suplanta os números, as vitórias e os títulos. Quem possui o time mais qualificado não é necessariamente o vencedor. O melhor esquema é aquele que leva ao gol. O artilheiro letal raras vezes é um craque. Marcar gols é a razão da sua existência. Ele é o verdadeiro rei do esporte. O mérito reside na vitória. Longe dela, tudo é silêncio.

OSÓRIO GUIMARÃES INVESTIGA

Raros clientes contam toda a verdade. Ao menos na primeira entrevista. E o homem à minha frente, que era um jornalista conhecido, soava cauteloso e falso. A mulher que eu deveria encontrar sumira com o computador dele havia mais de um mês e ele demorara todo esse tempo para descobrir o quanto o equipamento era precioso. O desespero atordoa, eu sei, mas a história era quase uma ofensa à experiência de um profissional. A verdade viria com o tempo. Essa era a regra. Ele nem mesmo sabia seu nome completo. Marta Regina, era assim que ela se chamava. Haviam sido colegas de escola, se reencontrado, tido um caso, seu apartamento fora roubado e sumiram ela e o computador.

— Eu armazeno fotos nele. Coisas íntimas, além de material de trabalho. É importante para mim.

— E por que o senhor quer que eu também descubra onde está Marta Regina?

— Penso que se o senhor encontrar um, acaba achando o outro.

— Por quê? O senhor pensa que ela está envolvida no roubo do seu apartamento?

— É possível.

— O que ela ganharia roubando seu computador? Ela é ladra, ou doente?

— Só sei que ela e o computador sumiram na mesma época.

— Ela tinha a chave do seu apartamento?

— Pode ter feito uma cópia sem que eu me desse conta.

— O senhor sabe no que ela trabalha?

— Não — ele respondeu após hesitar por um momento.

Era mentira. Talvez não pudesse revelar a verdadeira ocupação da mulher que lhe roubara o sossego. Ele também não sabia o sobrenome dela. Fornecera um endereço dos tempos de juventude, nenhuma foto, e a descrição de seus traços nos dias de hoje. Perguntei se havia retratos dela na internet e ele disse que não pensara em procurar. Digitei o nome no site de buscas, selecionei as imagens e mostrei para ele. Não reconheceu nenhuma delas. Não tenho o hábito de me ocupar com casos que não vão dar em nada, mas eram tantas as hesitações e falsidades que resolvi aceitar a tarefa, acima de tudo pelo desafio de encontrar "uma agulha num palheiro", como dizia a minha avó. Ele estava junto à porta mas, antes de sair, virou-se e falou:

— Nós tínhamos um amigo comum, o João Antônio. Ele e Marta moravam na mesma rua. O nome completo dele era João Antônio Mendes. Talvez ajude.

E realmente ajudou.

Nos despedimos, fui direto para o computador e coloquei o nome de João Antônio Mendes. Havia muitos,

A CICATRIZ INVISÍVEL

mas nenhum me pareceu ser quem eu buscava. Não tinha mais nenhuma entrevista marcada e resolvi ir até a rua na qual o cliente me dissera que João Antônio morara na juventude. Um bairro da zona norte da cidade em que as casas davam lugar a depósitos, os moradores resistentes eram velhos, e poucos circulavam pelas ruas. Caminhei algumas quadras e encontrei um bar. A construção era antiga, exibindo marcas de desleixo aliadas à ação do tempo e do clima. Havia mesas espalhadas pela sala e, ao fundo, um balcão frigorífico mostrava salgados de idade duvidosa, frios e porções de queijo fatiado. O chão de ladrilhos avermelhados exibia as mesmas escaras da fachada. Aproximei-me e pedi um café. O atendente, que parecia ter a idade do prédio, o serviu em um copo de vidro grosso e me estendeu um açucareiro e uma colher. Ignorei ambos e tomei um gole. Era requentado e fraco. Acendi um cigarro, desprezando as leis municipais que proibiam o fumo em lugares como aquele. O homem me imitou e, por um momento, ficamos em silêncio.

— Pouco movimento hoje? — perguntei.

— A cada dia menos. Não sei se fico com o bar aberto até o final do ano.

— O senhor tem o bar há muito tempo?

— Era do meu pai. Paguei a faculdade dos meus filhos com o que ganhei aqui. Mas agora é hora de parar. Acho que vou morar na praia.

— Pelo que pude ver, o bairro se transformou quase todo em área comercial.

— É. Ficou tudo uma merda.

Aguardei alguns minutos e decidi não alongar aquela conversa.

— Meu nome é Osório Guimarães. Sou investigador particular. Fui policial durante muitos anos e, quando me aposentei, abri meu próprio escritório — declarei enquanto entregava um cartão e exibia a minha licença emitida pela associação de investigadores a que me filiara. — Procuro por duas pessoas que moraram nesta rua algum tempo atrás. Quem sabe o senhor conheceu elas e pode me ajudar.

Ele examinou a minha licença, depois o cartão e perguntou sem me encarar:

— E essas pessoas que o senhor tá procurando são bandidos?

— Não que eu saiba. Meu cliente me disse que só quer conversar com elas. Uma se chama João Antônio Mendes e a outra, Marta Regina. Dela eu não sei o sobrenome.

O atendente coçou a cabeleira fina e grisalha, passou a mão sobre o rosto macilento e acendeu um novo cigarro.

— Faz muito tempo que eles se mudaram. O seu cliente morou por aqui?

— Me desculpe mas eu não posso revelar detalhes sobre o meu cliente.

— Como eu disse, faz muito tempo que se mudaram. Não sei o que é feito dessa gente.

— O senhor conhece alguém que talvez possa me ajudar, que tenha ficado em contato com algum deles?

— Não sei de ninguém. Este bairro quase não tem mais moradores. Meus fregueses hoje em dia são os empregados das firmas. E quem ainda vive aqui está velho, não tem mais energia pra conversa de bar.

Paguei o café e saí. As calçadas estavam vazias. Havia trânsito, mas aquele lugar se tornara uma passagem. Não era o único nesta situação na cidade. Como as pessoas, eles morriam não ao perecerem, mas ao deixarem de ter utilidade. Voltei ao escritório e liguei para a Secretaria da

A CICATRIZ INVISÍVEL

Receita Federal.

— Arnaldo, é o Osório.

Arnaldo Marques fora personagem de uma quase tragédia anos atrás. Um dos últimos casos que eu investigara antes da aposentadoria. Consegui ocultar seu nome dos jornais no dia em que prendi os envolvidos em um esquema de fraude com cartões de crédito. Ele fora utilizado. Por uma mulher, como eu desconfiava fosse a situação do meu atual cliente. Em situações especiais eu lhe pedia algum favor.

— Preciso de um endereço. O nome do cara é João Antônio Mendes.

Arnaldo prometeu retornar a ligação em breve. A tarde andava pelo meio, mas a claridade enfraquecia pouco a pouco. O céu estava carregado de nuvens escuras que trariam frio, o trânsito se complicando com a aproximação do final de mais um dia de trabalho, os rostos traindo a ânsia em retornar para casa na busca de uma vida real e não aquela passada em escritórios e funções que pouco lhes diziam respeito. Ninguém imaginava a situação do meu cliente. Alguns poderiam ser leitores ocasionais dos seus textos no transporte de volta para casa, ou pela manhã, antes do início de suas jornadas. A maioria deles pensa que quem reflete sobre um assunto pode muito bem raciocinar sobre todos e encontrar as saídas necessárias com igual lucidez. Não se davam conta que, na vida, o conhecimento, ao contrário dos caminhos, não se bifurca e raramente um talento puxa outro.

O telefone soou ao entardecer e a voz de Arnaldo trouxe a informação que eu pedira. O endereço era vizinho do centro da cidade, em outro bairro antigo. Decidi ir a pé até o local, os termômetros de rua baixando a temperatura, a escuridão refulgindo nas luzes dos postes e dos automóveis.

O prédio era relativamente novo para aquela vizinhança repleta de construções de mais de sessenta anos. Toquei no porteiro eletrônico correspondente ao apartamento, mas ninguém respondeu. Insisti com igual resultado. Não havia outra opção que não fosse esperar.

Horas passaram sem nenhum movimento no prédio. Meu corpo enregelava, salvavam-se as mãos, enfiadas nos bolsos do sobretudo, e os pés, que eu batia na calçada enquanto me movimentava. Próximo as vinte e uma horas surgiu uma mulher vestindo um casaco escuro, a cabeça coberta por um lenço que lhe escondia parte do rosto. Ela parou frente à porta de entrada e abriu a bolsa. Aproximei-me e falei à relativa distância dela para evitar sustos.

— Boa noite, moça. Desculpe lhe incomodar, mas estou procurando um amigo e ele não responde nem ao celular nem ao porteiro eletrônico. Talvez a senhora conheça ele e possa me ajudar.

— Qual é o número do apartamento? — ela perguntou com voz enrouquecida, a cabeça baixa. Notei que usava óculos escuros àquela hora da noite. Ao ouvir minha resposta apressou-se em pescar a chave do fundo da bolsa, enfiou-a na fechadura e disse entrando no prédio:
— Não conheço ninguém nesse número de apartamento.

Ela desapareceu batendo a porta e escutei o barulho de passos subindo uma escada. Nenhuma luz se acendeu, como se a minuteria não possuísse sensor de presença e a mulher houvesse caminhado no escuro. Andei um pouco rua abaixo, me virando sempre para não perder o edifício de vista. Chamei um táxi que passava e pedi que ficasse estacionado a poucos metros da entrada do prédio. Desci do carro resolvido a insistir com o porteiro eletrônico. Nenhuma resposta. Esperar era a única opção. A rua

109

A CICATRIZ INVISÍVEL

permaneceu deserta e o prédio continuou às escuras. Nenhum sinal de claridade em nenhum dos apartamentos. Desisti após algum tempo. O motorista me deixou em frente à garagem na qual eu guardava o carro e encerrei o dia.

O despertador tocou antes do amanhecer. Minha mulher virou-se para o outro lado e continuou dormindo. Fiz minha higiene, ignorei o café, entrei no carro e retornei para a frente do edifício em que João Antonio morava, segundo sua declaração de rendimentos. Estacionei em uma rua lateral e caminhei até a frente do prédio. Naquele instante, a figura da mulher com o rosto coberto ocupou meu pensamento. Esperei o relógio ultrapassar as sete horas e acionei o porteiro eletrônico. Uma voz feminina respondeu. Fiquei calado. Deixei passar alguns minutos e toquei novamente. Desta vez, nenhuma resposta. Voltei para o carro. Não demorou para o movimento de saída do prédio iniciar. Fui até a calçada e aguardei. Uma senhora abriu a porta, antecedida por um cachorro minúsculo que parecia rosnar eternamente.

— Desculpe incomodar, mas eu estou precisando de ajuda. Procuro um amigo que mora aqui, mas o porteiro eletrônico do apartamento dele não responde.

Ela perguntou o número e, ao escutá-lo, disse que não era o do andar no qual morava. Já não conhecia quase ninguém no prédio. A maioria dos apartamentos eram alugados, e os moradores variavam muito.

— Existe um zelador, ou quem sabe um síndico? — perguntei.

Apenas a faxineira, ela respondeu. Agradeci e ela seguiu pela rua, o cão resmungando incessantemente, como se estivesse em guerra com o mundo. Abordei mais três pessoas. Ou não conheciam ninguém ou eram moradores novos. Bem-vindo ao mundo atual, disse para mim mesmo. Estranhos dividindo um espaço comum. A sociedade impessoal que chegara para ficar. Vizinhos que se conheciam por gerações já não mais existiam. Esperei a saída de um outro habitante, agarrei a porta antes que batesse e disse:

— Vou visitar meu amigo João Antônio e...

O homem afastou-se sem prestar atenção em mim, deixando a porta entreaberta. As paredes haviam sido pintadas havia pouco e contrastavam com as escadas de granito marcadas pelo uso. As portas das habitações também denunciavam suas idades. Algumas deviam ser ainda o modelo original da construção do prédio; existiam as bem conservadas, as que rivalizavam com o pavimento e algumas novas, de um aglomerado que imitava uma madeira nobre. Fui até o andar do apartamento e parei em frente à entrada. Havia um olho mágico. Tocar a campainha seria inútil. Caminhei até o final do corredor, desci um degrau e me certifiquei de que ainda enxergava a porta da pretensa habitação de João Antônio. Estava acostumado a longas esperas e a única coisa ruim era não poder fumar. Mas eu não estava preparado para o que veio a seguir.

O dia esgotou-se e nada aconteceu. Estava faminto, minha bexiga agonizava. Eu resolvera desistir, mas a porta da habitação finalmente se abriu e a mulher do rosto coberto apareceu. Tocou a minuteria e as luzes se acenderam. Ficou a poucos metros do meu esconderijo. Usava os mesmos óculos e o lenço na cabeça. Ela possuía uma boa razão para isso. As partes do rosto que ficavam à mostra estavam intumescidas e com marcas roxas. Os lábios estavam cortados em várias partes e o sangue coagulava nos cantos da boca. Ela levara uma surra. À noite, com

A CICATRIZ INVISÍVEL

a pouca iluminação da rua, eu não observara aqueles ferimentos. João Antonio tinha pendores violentos? E ela, gostava do jogo? Não seria o primeiro caso que eu presenciava. A mulher avançou na minha direção e eu me precipitei escada abaixo, cuidando para fazer o menor ruído possível enquanto vencia os degraus.

Alcancei o térreo e, ao tocar a maçaneta, percebi que ela não girava. A fechadura era movida somente pela chave. Os passos se avizinhavam, ela podia lembrar-se de mim e, se tivesse alguma relação com João Antônio, sumir, levando minha única pista. Havia dois apartamentos no andar térreo, um junto à escada e outro ao fundo, o semblante mal iluminado pela lâmpada presa ao teto. Corri naquela direção, fiquei de costas para a passagem, saquei o chaveiro do bolso e fingi que abria o trinco. Os passos martelaram o último lance de degraus, alcançaram o corredor e se detiveram em frente à porta. Ouvi cravarem a fechadura, o giro dos mecanismos e o ranger das dobradiças. Virei-me e enxerguei a mulher sumindo através da abertura escancarada. Esperei um momento e corri até a saída. Segurei a maçaneta antes da tranca se fechar. Aguardei um instante, abri a porta, divisei a silhueta caminhando rua acima, mas não consegui ir no seu encalço. Mais um passo e urinaria nas calças. Voltei para dentro do prédio, coloquei minha caneta entre as folhas da porta e me aliviei junto à parede. Retornei à calçada, segui na direção que ela trilhara, mas não havia sinal da mulher.

Anoitecera e o tráfego crescia nas ruas. Procurei um bar para comer alguma coisa e vigiar a entrada do prédio, mas não havia nada além de casas de autopeças, outros edifícios e residências silenciosas, algumas exibindo placas das empresas que abrigavam. Por um momento eu esquecera a busca por João Antonio, esperando que ele me levasse à Marta Regina. Estar ocupando o endereço que o antigo amigo do jornalista fornecera à Receita Federal não era prova de que se conheciam ou vivessem juntos. Mentir para a Receita Federal era costumeiro. Mas o rosto machucado que ela escondia de maneira anacrônica me fascinara. O mistério daqueles sulcos e intumescências pedia uma explicação. O vento gelado fustigou meu rosto e entendi que meu dia terminara. Recomeçaria amanhã. Mas seria mais ousado. Meu cliente e a mulher lacerada valiam o risco.

Fui até meu carro e dirigi pelas ruas movimentadas daquele horário. Precisava organizar meus passos para o dia seguinte. Meu cliente tinha pressa. Quem procura um investigador particular chegou ao limite. Eu não tinha tempo para estabelecer a rotina da mulher com o rosto machucado. Mas era minha única pista. Apostava que ela me levaria até João Antônio e ele, à Marta Regina.

Entrei no escritório e separei o material necessário para os trabalhos no dia seguinte. Coloquei as ferramentas numa pasta, desci até a garagem e guardei o acessório no porta-malas. Liguei o carro e fui para casa. Tomei um banho, jantei e assisti o primeiro tempo de um jogo de futebol ao lado da minha esposa. Lembrei do meu cliente. Imaginei que estaria no estádio, sentado na cabine ao lado do locutor e do comentarista fazendo anotações sobre jogadas e momentos dos times, descobrindo táticas invisíveis aos olhos dos torcedores para sua coluna no jornal. Mas eu estava cansado e o dia seguinte seria longo, eu esperava. Fui dormir ao final do primeiro tempo. A vida real não recebia dribles nem havia táticas especiais para subjugar seu fluxo. O esforço era a única opção.

Eu programara o despertador para martelar mais cedo. Tomei o café da manhã escutando um noticiário

A CICATRIZ INVISÍVEL

no rádio, a noite cravada no vidro da janela, sinal de mais um amanhecer nublado. Dirigi observando a cidade que ainda não começara a se movimentar. Os raros transeuntes eram as prostitutas que se recolhiam e os andarilhos noturnos. Eles habitavam um universo particular, que nem nos meus tempos de polícia consegui entender.

Estacionei o carro no mesmo lugar da noite anterior, fui até a porta do prédio e toquei várias vezes o porteiro eletrônico. Nenhuma resposta. Atravessei a rua e me abriguei sob a marquise à entrada de uma loja de autopeças. A luz do poste não me alcançava e eu tinha uma boa visão do edifício. O movimento das ruas cresceu ao ritmo do nascer do dia. Dois homens liberaram a cortina de ferro que protegia a entrada da loja e eu me afastei sem tirar os olhos do imóvel. Aguardei mais alguns minutos, cruzei a rua e toquei o porteiro eletrônico do apartamento que deveria abrigar João Antônio sem obter resposta. Insisti outras vezes com o mesmo resultado. Saquei as chaves do meu escritório para fingir que entrava no prédio e estava por retirar uma gazua da pasta, mas a porta se abriu e um casal jovem saiu apressado. Segurei a folha da abertura com a ponta do sapato e entrei. Subi as escadas até o último andar tentando identificar ruídos nos apartamentos. A maioria estava silenciosa. De alguns escapava o som de falas de estações de rádio ou canais de televisão. O apartamento da mulher de rosto machucado, ou de João Antônio, não emitia ruído.

Encostei a gazua mais dentada que possuía no buraco da fechadura e, lembrando os ensinamentos do Lontra, o maior arrombador que conheci, apoiei a ferramenta em uma outra mais fina e reta contra a base da tranca. Eu prendera aquele ladrão várias vezes e, durante um interrogatório, ele me ensinou, com direito a demonstração, utilizando os ferrolhos de uma cela, as diferentes técnicas. O primeiro movimento era fundamental. Ao sentir a primeira resistência do mecanismo, interrompi a penetração. Girei lentamente as ferramentas, primeiro para a direita, depois a esquerda, conforme Lontra me instruíra. Nada aconteceu. Recuei no avanço e senti um ruído nas engrenagens. Repeti os gestos e o mecanismo cedeu. Entrei no apartamento escurecido e fechei a porta.

Acendi a lanterna que retirara do bolso da japona e esquadrinhei o lugar. A sala era pequena, um sofá esfolado pelo uso, uma mesa com duas cadeiras, e uma poltrona à frente da televisão. A janela dava para a rua onde eu estacionara o carro. A cozinha mostrava uma pia, fogão e refrigerador. Havia dois quartos. No primeiro, uma cama de solteiro e um armário com roupas femininas. No outro, um leito para casal e vestimentas de ambos os sexos. Sobre cada uma das mesas de cabeceira, havia um porta-retratos com imagens das mesmas pessoas em distintas idades. Do lado direito, uma moça e um rapaz abraçados em frente a um carro antigo; no outro, a mulher era a mesma, agora com mais de quarenta anos, e o homem não se parecia com o jovem da foto. Ela estava em pé; ele, sentado com um cobertor escondendo o colo e as pernas. Tinha a barba por fazer e parecia doente. Iluminei-as o melhor que pude e tirei fotos com o celular. Vasculhei as gavetas em busca de algum documento mas não havia nada além dos objetos pessoais. O apartamento estava limpo e a mulher com o rosto machucado não era sua única habitante. Saí e voltei a trancar a fechadura. Um dos tantos cuidados de Lontra em sua vida de criminoso e que ele me transmitira em sua aula de transgressão anos atrás. Abri a porta de entrada do prédio utilizando novamente a gazua e, ao sair, sentia fome e sede. Procurei um bar e pedi uma taça de café com leite e uma torrada, que saboreei em pé, encostado a um balcão de fórmica repleto de manchas e lascas. O ambiente exalava um odor de frituras e fervidos. Lembrei dos bares da minha infância, que também vendiam jornais, gibis e revistas, expostos em suportes colados às paredes. Terminei a refeição e liguei para o meu cliente.

— Vou lhe mandar duas fotos daqui um pouco. Se reconhecer alguém nelas, me avise.

Ele respondeu com voz rouca, em poucas palavras. Estava acuado. Os sintomas eram semelhantes a outros casos em que eu trabalhara. O que ele escondia? A verdade chegaria por descoberta ou confissão. Não seria a primeira vez. Enviei as imagens, paguei a despesa e, ao entrar no carro, o celular tocou.

— Na foto mais antiga são João Antonio e Marta. Na outra, a mulher é Marta. O homem eu não consigo identificar. Tá meio apagada — disse o jornalista. — Onde o senhor conseguiu as imagens? — completou.

— Num apartamento abandonado — respondi.

— O senhor acha que a Marta morou ali?

— Pode ser. Assim que eu tiver uma coisa concreta, lhe aviso.

Desliguei antes que ele insistisse. Era só desperdício de tempo. Necessitava vigiar o lugar vinte e quatro horas. O apartamento fora uma moradia e se transformara em ponto de encontro ou esconderijo. Guardava objetos pessoais. Não seria abandonado de imediato. Eu tinha as fotos para identificar Marta, um João Antonio jovem, e conhecia a mulher. E se houvesse mais alguém? Não havia escolha. Era minha única pista. De volta ao escritório, telefonei para a empresa de vigilância que utilizava nesses casos e solicitei dois rondas. Um uniformizado para a noite e um à paisana para o dia. Deveriam vir até a minha base o mais rápido possível. Eu já corria riscos tendo me afastado, pensei, mas não havia o que fazer. Chegaram quase ao meio-dia. Mostrei as fotos no meu celular, encaminhei as imagens para os aparelhos deles e falei ainda sobre a mulher com o rosto machucado. Tentei descrever sua figura o melhor que pude. Insisti que provavelmente seria ela quem apareceria e instruí que, se alguma daquelas pessoas surgisse, deveriam me avisar no mesmo instante. Levei-os até o endereço no meu carro, mostrei o imóvel, e o primeiro vigilante saiu com a incumbência de permanecer ali até as oito horas da noite. Neste horário, o uniformizado o substituiria. Trocariam novamente o turno às sete horas da manhã seguinte. Durante o dia, o fardamento chamava atenção; à noite, gerava segurança. Pensariam que fora iniciativa dos comerciantes.

Esperas são sempre angustiantes. Não importa a idade ou a experiência. Eu sabia que os vigilantes cumpririam suas tarefas de maneira burocrática, mas eram minha única opção. Recordar que nos tempos de polícia as situações eram semelhantes não servia de consolo. Como trabalhava sozinho, me dedicava a um caso por vez. Passei em dois momentos durante a tarde pela frente do prédio para verificar a atuação do espia diurno e outra à noite, para confirmar a troca de turno.

Meu celular não registrou nenhum chamado deles até o início da noite. Fui para casa e mal escutei o que conversava com a minha mulher. Assistimos televisão e fingi estar cansado para ir deitar. Queria a solidão do quarto escuro. No meio da noite, o celular rugiu.

— Seu Osório, acho que a mulher que o senhor falou entrou no edifício — disse a voz.

— Fique de olho. Estou indo para aí. Se ela sair ou

A CICATRIZ INVISÍVEL

mais alguém chegar, me avise.

Troquei de roupa, retirei a cartucheira com coldre do alto do armário, conferi se o revólver estava carregado, a trava acionada, e parti. Minha mulher não se moveu. A vida ao lado de um policial a acostumara àqueles movimentos noturnos.

As ruas eram silenciosas naquelas horas e os movimentos imperceptíveis a quem circula apressado. Enxergar nas sombras é um ofício que exige tempo e paciência. Deixei o carro na rua transversal e fui até o vigilante.

— Nenhum outro movimento? — perguntei.

— Afora a mulher, nada. Não passa ninguém neste lugar — ele respondeu.

— Tu tem certeza que era ela?

— Era uma mulher meio baixinha, com um lenço na cabeça e de óculos escuros.

Percebera que estava sendo vigiada ou vinha ao apartamento devido a uma urgência inesperada?

— Tu continua de olho no edifício. Se ela sair, me liga. Estacionei o carro aqui perto. Venho na hora.

A noite acentuara o frio, e o carro estava gelado. Mas não podia arriscar ser visto. Fiquei sentado no escuro, o tempo se alongando, a imaginação inquieta. Os anos na polícia não me acostumaram à espera. Meu pensamento não estava no cliente nem na solução rápida do caso. Queria descobrir o que acontecia com aquela mulher. E o que eu vira no apartamento indicava que ela também me levaria à Marta e ao motivo verdadeiro da minha contratação. Mas o celular tocou somente ao amanhecer.

— Ela saiu do edifício. Tá caminhando na rua — sussurrou o vigilante.

— Continua fingindo que tu tá fazendo a ronda. Se alguém mais aparecer, me liga.

118

A claridade opaca avançava. As lâmpadas dos postes logo se apagariam. Fui até a esquina e distingui o vulto se movimentando. Recuei para disfarçar minha presença me abrigando na parada do ônibus. Ela atravessou a rua com passos curtos e ansiosos. Avancei mantendo distância, andando pela calçada oposta a que ela trilhava. O que viera fazer no apartamento? Buscara algo ou apenas se escondia? Escolhera horários de pouco movimento para chegar e sair. Para onde ia? Caminhava em direção à avenida que cortava a parte norte e terminava no centro da cidade. Os ônibus e os táxis-lotações ainda demorariam para circular com maior frequência, ela só podia estar em busca de um táxi individual. Se encontrasse um, desapareceria. Até que eu voltasse com o meu carro, ela teria sumido. E nem com toda a sorte do mundo surgiriam dois carros no mesmo momento.

Ela se deteve ao alcançar a avenida e esperou. Me abriguei na sombra de uma marquise tentando imaginar o que faria. Mas não houve tempo. Um carro surgiu e parou em frente à mulher. Ela entrou e o veículo arrancou. Corri até a avenida amaldiçoando minha má sorte. Não creio em milagres, mas o acaso me favoreceu. Os contornos de um táxi surgiram no meio da quadra. Fiz sinal, ele parou, eu entrei e mostrei duas notas de bom valor ao motorista. Ele me olhou por um momento.

— Preciso seguir um carro. Vá em frente — eu disse. Funcionou.

O carro que levava a mulher com o rosto ferido ignorava sinais fechados, mas não corria. Ordenei ao motorista que mantivesse meia quadra de distância para evitar suspeitas. O amanhecer grassava, o tráfego crescia e, nas paradas de ônibus, já havia pessoas à espera de transporte. Contornamos o centro da cidade e o carro continuou

119

A CICATRIZ INVISÍVEL

em direção à zona sul. A neblina que enfraquecera nas áreas mais povoadas se adensava junto ao rio que circundava o trajeto. Nos aproximamos mais do outro veículo. O movimento crescia e eu não queria perdê-lo de vista por um sinal fechado ou um fluxo de trânsito mais apressado. Continuamos pela estrada ladeada de motéis e condomínios horizontais até ela se transformar em uma rua estreita, repleta de casas antigas, as fachadas revelando a ação do tempo. O carro dobrou em uma transversal, seguiu mais alguns metros, virou à direita e entrou na garagem de uma casa. Disse para o motorista diminuir a velocidade e vi a mulher com o rosto coberto e uma outra, mais alta e de cabelos claros, sumirem por uma porta. Dispensei o táxi no final da rua e retornei caminhando em direção à casa em que o carro estava estacionado. A garagem não possuía mais porta e anotei a placa do veículo. Fotografei a casa e, ao final da quadra, a placa que identificava a rua. Não havia movimento nas calçadas e nenhuma janela fora aberta, como se ninguém mais vivesse naquela parte esquecida da cidade. Liguei para o vigilante matutino, que já devia ter substituído o colega da noite, e passei as novas instruções com o endereço.

— Pega um táxi. Eu vou te esperar na esquina.

Ele demorou para chegar. Mostrei a casa, o carro e disse que deveria economizar a bateria do celular. Ele concordou com um gesto de cabeça. Na calçada em que estávamos havia uma casa para alugar. Anotei o nome da imobiliária, chamei um táxi e disse ao vigilante que voltaria em pouco tempo. Fui até administradora, fingi estar interessado no imóvel, entreguei um documento e recebi as chaves. Passei em um chaveiro, tirei cópia de cada uma delas e retornei para a rua da parte sul da cidade. Fiz sinal ao vigilante e entramos na casa. Levantei alguns gomos da persiana da peça da frente e as calçadas se descortinaram.

— Tu pode vigiar daqui de dentro. No entardecer o outro vigilante vem te substituir, se for preciso — eu disse.

Devolvi a chave original para a imobiliária, apanhei meu carro e fui para o escritório. No caminho, entrei em uma lancheria para o café da manhã. No balcão, a vidraça exibia bolos ingleses. Não resisti. Comida de rato pobre, diria um antigo colega. Sentei à escrivaninha e telefonei para minha mulher. Ela adivinhou que a investigação estava complicada. Estaria à minha espera, que eu trabalhasse tranquilo. Foi o que fiz.

Usei meus antigos contatos na delegacia de trânsito e descobri que o carro fora alugado de uma agência de segunda linha, suspeita de receptação de peças e veículos roubados. Na prefeitura eu tinha uma ligação familiar. Um primo da minha mulher. Passei o endereço e ele não demorou a retornar com o nome da proprietária. Ela não tinha o número nas listas telefônicas de nenhuma das operadoras. Liguei para Arnaldo na Receita Federal e passei o nome para ele. O retorno foi rápido, fornecendo o endereço da casa que eu vigiava. Ela não informara nem celular, nem número fixo. Não havia alternativa que não fosse arriscar. Dirigi de volta à zona sul e, ao chegar na rua, chamei o vigilante.

— Nenhum movimento até agora, seu Osório — ele respondeu.

— Eu vou entrar, deixa a porta aberta — respondi.

Estacionei e adentrei a casa pronto para iniciar o meu jogo.

— Tu vai até a casa e toca na campainha do portão. Te apresenta como funcionário de uma construtora, diz que a empresa quer comprar o terreno para fazer um edifício.

121

A CICATRIZ INVISÍVEL

Inventa que vocês já compraram outros. Ela vai responder que aluga a casa. Aí tu pede o nome da imobiliária, some pela rua e depois me liga.

— A bateria tá quase no fim — retrucou.

— Então dá um toque que eu vou te encontrar.

Ele saiu e deixou a porta destrancada. Na abertura havia uma pequena janela coberta por um vidro canelado. Abri uma fresta e ajustei o telefone celular naquele rasgo. Dei o máximo de zoom que a câmera permitia e assisti ao vigilante executando seu número. A mulher de cabelos claros apareceu à porta e eu acionei o dispositivo de filmagem do telefone. Assisti toda a cena pelo visor do aparelho, cuidando para não ser visto. A conversa foi curta e o vigilante se afastou rapidamente. Meu celular não demorou para tocar. Chequei as imagens que gravara e as feições da mulher estavam claras. Era o que me interessava. Saí da casa e fui ao encontro do segurança. Ele me esperava em um bar na rua transversal. Disse o nome da imobiliária e que a mulher era bonita. Mandei que voltasse para a casa e ficasse lá até ser substituído pelo guarda noturno.

A manhã terminara. Voltei para o centro da cidade, comi um sanduíche com café preto e fui para o escritório. Liguei para a imobiliária, pedi o setor de aluguéis, dei um nome falso e disse que era advogado. Tinha um cliente interessado em comprar um imóvel que eles administravam. Dei um endereço e a atendente me disse que o contrato iniciara faziam poucos meses e que duraria ao menos um ano. E era preciso falar com a proprietária para ver se ela tinha interesse em vender. Pedi o nome da pessoa que alugava, eu tentaria falar com ela e ver se concordava em abrir mão do contrato. A atendente relutou, mas entregou o nome: Marta Regina de Bem.

Liguei para o vigilante da noite e disse que não necessitaria uniforme. Passei o endereço e combinei um encontro na parada de ônibus ao início da rua. Deixei passar quase uma hora e retornei à parte sul da cidade. Abri a porta do carro e a única pessoa que havia no ponto entrou. Eu não lembrava das suas feições.

— O celular tá carregado? — perguntei.

— Tá, sim. Carreguei antes de sair.

Era ele. Estacionei e voltamos caminhando até a casa.

— Algum movimento? — perguntei ao vigia diurno.

— Nada depois que eu falei com a mulher. Ela vive trancada. E não acontece nada nesta rua. Parece um lugar de fantasma — ele respondeu.

— Se precisar de vigia para amanhã te aviso — eu disse. Ele entregou as chaves da casa e saiu.

Mostrei o filme que fizera com celular e passei instruções para o novo plantão.

— Esta mulher está na casa junto com a do rosto machucado. Se uma delas sair, me liga não importa a hora.

Ele espiou através da persiana e disse:

— Olha lá, é ela.

A tarde começava a perder suas cores naquela hora. A mulher que eu deduzira ser Marta Regina saiu da casa empurrando um homem sentado em uma cadeira de rodas. Corri até a porta de entrada, abri a claraboia, fixei o celular. Era um risco. A provável Marta poderia notar. Ela se escondia. E não era por roubar um laptop. Não recuei. Na minha experiência, poucos notam o óbvio.

O rosto do homem guardava traços da juventude, mas parecia ter os movimentos em um dos lados do corpo prejudicados. A boca entortara e a fala devia estar comprometida, pois a mulher se deteve várias vezes no trajeto e abaixou-se, aproximando o rosto ao dele, como para entender melhor o que o companheiro dizia. Detiveram-se na borda da calçada, ela olhou para ambos os lados e atravessaram a rua.

Ela vestia jeans e um casaco acolchoado. Ele trajava pantufas, calça de abrigo e um blusão de lã. As mãos estavam escondidas pelas mangas que sobravam dos braços. Lentamente deixaram o campo de visão do aparelho e a imagem da casa em frente dominou a paisagem. O trabalho que o jornalista encomendara estava completo. Mas eu queria ir até o final daquela história e descobrir quem era a mulher com o rosto machucado. Não demorou para o homem na cadeira de rodas e sua acompanhante retornarem. Espiei seus movimentos através da persiana entreaberta, aguardei alguns minutos e saí. Do carro, liguei para o cliente.

— Tenho novidades. Podemos nos encontrar hoje?

— Trabalho à noite. Estarei no estádio. O senhor achou a Marta?

— Penso que sim. O senhor precisa identificar umas imagens que fiz.

— Passo rapidamente, e vemos as imagens.

— Daqui uma hora no meu escritório, então.

O jornalista emagrecera. Trajava roupas limpas e tinha a barba feita, mas seu aspecto era desleixado. Eu conhecia os sintomas. Desespero. Este era o mal maior. Estava só, acuado. Sua única companhia era o medo. Mas ele era forte. Viera me procurar. Não se entregara. Conheci gente que enlouquecera. Alguns de imediato, outros aos poucos. Acendi um cigarro e busquei minha fala mais didática.

— Quero que o senhor veja estas imagens — eu disse. Estendi o celular e mostrei as fotos do carro e da mulher com o lenço cobrindo a cabeça. — O senhor conhece ela?

Ele não respondeu de imediato.

— Ela tá com o rosto coberto e de óculos escuros. Fica difícil identificar.

— O rosto está todo machucado, os lábios cortados. Pode ter se acidentado, mas eu apostaria que levou uma surra — concluí.

O jornalista tentou ocultar a expressão de surpresa, mas notei que minha observação o incomodara. Ele a conhecia. Seriam amigos, amantes eventuais? Ou se tornaram parceiros involuntários naqueles acontecimentos?

— Agora veja isto — eu disse mostrando os filmes que fizera com o celular.

Anoitecera e o emaranhado de luzes na rua invadia minha janela. Meu escritório é pequeno. Uma sala sem recepção, minha escrivaninha, uma poltrona, um sofá e uma mesa de centro. Apaguei o cigarro no cinzeiro e encarei o homem que a claridade da lâmpada do teto desnudava.

— É Marta... — ele disse.

— E o homem, o senhor o conhece? — perguntei.

— Não. Ele me parece doente.

— Deve ter sofrido um derrame ou alguma isquemia cerebral. Uma pena, ele ainda é moço — falei encarando o meu cliente na busca de uma brecha em sua expressão. Mas sua atenção estava concentrada em Marta Regina.

— Onde ela está?

— Em uma casa na parte sul da cidade.

— E se ela fugir enquanto estamos aqui?

— Tenho gente vigiando. Sou informado de qualquer movimento.

— Preciso ir até lá.

— O senhor me disse que tinha trabalho.

— E tenho. Mas preciso falar com ela. E além de

A CICATRIZ INVISÍVEL

tudo, o tempo é meu inimigo. Vou depois do jogo.

— Vou lhe fazer um favor — eu disse. — Vou mandar o endereço amanhã bem cedo, por celular.

— Nem pense nisso! Eu preciso…

— Não sabemos quem está lá dentro, nem o que essa gente realmente é. Mesmo durante o dia o senhor pode correr perigo.

Ele não respondeu. A armadilha começava a funcionar.

— O senhor poderia me acompanhar… — disse o jornalista com voz claudicante.

— Nada disso foi combinado — afirmei encarando com o que eu esperava fosse meu olhar duro dos tempos de policial.

— Quanto mais vai me custar?

— Antes de lhe passar um novo valor, o senhor precisa me contar toda a verdade. Não vou me envolver mais nesse assunto antes de saber no que estou me metendo.

Ele hesitou, passou as mãos sobre o rosto, os dedos entre os cabelos levemente grisalhos e disse:

— Não tenho tempo agora.

— Nos encontramos amanhã cedo em frente ao terminal de venda de passagens na primeira entrada da estação rodoviária. Dependendo do que eu ouvir, lhe dou o preço e acompanho o senhor.

Acertamos o horário e ele saiu apressado. Telefonei para o vigia e disse que esperasse até minha chegada para sair. Lembrei do jornalista dizendo que o tempo era seu inimigo e falei em voz alta para o ambiente desabitado:

— O tempo não tem amigos.

Destranquei a última gaveta da escrivaninha, retirei a pistola, verifiquei se o pente estava completo, deixei uma bala na câmara e puxei a trava. Coloquei a arma na cintura, tranquei o escritório e saí.

No caminho até a garagem parei em uma lancheria e pedi um café. Era uma pena o fumo estar proibido naqueles lugares. Não havia melhor companheiro para a bebida. De volta na rua, acendi um cigarro e saboreei os resquícios do café misturados ao gosto do tabaco. Caminhei até onde estava o meu carro e dirigi para casa. O jornalista estava no estádio. Qual seria seu poder de concentração? Eu não me interessava por futebol, nem por esporte algum. Sempre quis ser policial e, com a chegada da aposentadoria, a função de detetive foi o caminho natural. Agentes da Lei tem um trabalho solitário, e os investigadores particulares o tornam ermo e descampado. Não pensei em me vincular a uma agência ou a uma empresa de segurança, como muitos fazem. O que me interessava eram os dramas secretos, iguais ao que investigava. E existiam as experiências particulares, como a mulher de rosto machucado. Qual a sua função naquela trama? O que ela representava? A resposta viria durante o encontro matutino na rodoviária. Ao chegar em casa, minha mulher serviu o jantar. Tomamos algumas taças de vinho e fomos dormir. Ajustei o despertador sobre a mesa de cabeceira, sabendo que não necessitava do seu toque para acordar.

O vento gelava os corredores da rodoviária, as plataformas se enchiam de gente que aguardava a chegada ou a saída dos ônibus. A claridade estava turva de neblina, as calçadas umedecidas de orvalho. O jornalista me aguardava no lugar combinado envolto em um casaco de couro.

— Vamos entrar numa lancheria, pedir um café, e conversamos — eu disse.

Enveredamos pelo local mais próximo, fomos até o

127

A CICATRIZ INVISÍVEL

final do balcão, ele pediu café mas eu não resisti ao bolinho frito de aparência duvidosa que a vitrine exibia, para acompanhar a minha taça. Ficamos em silêncio até a entrega dos pedidos. Eu bebi um gole, mordi o bolinho e disse, encarando o meu cliente:

— Posso lhe dar o endereço agora. O senhor não precisa me contar nada. Foi o que acordamos. Mas eu só vou lhe acompanhar se o senhor me contar toda a verdade. Quero saber no que estou me metendo.

Estávamos em pé ao fundo do ambiente, uma televisão muda transmitindo o primeiro noticiário do dia, as falas aparecendo nas legendas que surgiam sobre uma tarja preta na base da imagem.

— Como no nosso primeiro encontro, o senhor precisa me garantir confidencialidade. Não tenho como provar, ao menos até agora, o que vou lhe dizer, mas sei que é tudo verdade.

Ele falou mirando o chão ou a parede, como se os olhos fixassem as imagens do que descrevia. Nossas agruras são sempre as maiores e a nossa dor, a mais torturante. No caso do jornalista não era diferente. Ele era um homem instruído, e lúcido no seu trabalho. Mas o sofrimento nivela e cega. Ao final, ele me encarou.

— E esse executivo, Külbert, deu um prazo? — perguntei.

— Sim. Duas semanas. Mas ficou claro que o assunto é urgente. E eu não aguento mais a tensão.

— E o senhor tem certeza que a mulher com o rosto machucado é Inarjara Vargas?

— Só pode ser. Eu vi o que Edmundo, o capanga de Külbert, fez com ela.

Minha fascinação estava explicada. Eu atuara no caso Salles-Meireles. A beleza da jovem de família tradicional envolvida com traficantes e proxenetas me fascinara. Ela fora sentenciada a tratamento em uma clínica para dependentes químicos e, se curara o vício, seguia envolvida com o submundo.

— Posso contar com a sua ajuda, detetive Osório?

— Pode. Mas o senhor tem que seguir minhas instruções.

— Só não abro mão de uma coisa. Vou entrar e confrontar Marta Regina sozinho. O senhor fica vigiando. Se notar algo perigoso ou eu chamar, o senhor age.

Concordei. Ele escondera uma parte da história e temia uma inconfidência durante a discussão. Forneci o endereço e combinamos como agir. O jornalista saiu apressado. Terminei o bolinho e o café, paguei a conta e saí. No carro, verifiquei se trouxera os equipamentos que iria necessitar, ajeitei a pistola na cintura e liguei para o vigia.

— Chego aí em alguns minutos. Me espera na esquina. Pode fechar a casa. O teu serviço terminou.

Entrei na rua, dobrei na primeira quadra e estacionei. O vigilante veio ao meu encontro e me devolveu as chaves.

— Tudo certo? — perguntei.

— Nenhum movimento. Como se ninguém morasse ali — ele respondeu.

Nos despedimos e o jornalista não demorou para chegar. Parou o carro em frente à casa, ignorando o combinado.

Caminhei até ele e notei que fixava a pasta que eu carregava na mão direita.

— O que é isso? — perguntou.

— Algemas, um porrete e uma arma com descarga elétrica — menti.

— Onde o senhor vai se esconder, detetive?

129

A CICATRIZ INVISÍVEL

— Dentro da garagem. Fico oculto, mas, se o senhor gritar, eu escuto e aí entro. Vou na frente conforme combinamos. O senhor espera uns minutos e aí pode agir.

A frente da casa estava fechada como sempre. Devia ter sido uma bela obra no passado, mas o abandono depauperara as feições do lugar. O muro era baixo e o que restara de sua pintura descascava, abatido pelas intempéries. O portão enferrujado rosnou quando o empurrei, mas não o suficiente para chamar a atenção. Caminhei junto à casa e, ao alcançar o fundo da construção, dei em uma área com vidros canelados. Não havia porta. Subi os dois degraus que levavam até ela e notei uma porta e duas janelas basculantes com o mesmo tipo de vidraça. Me aproximei da porta e ouvi vozes. As duas mulheres conversavam. Depois um muxoxo, e a voz de uma das mulheres. Abri a pasta e retirei o microfone, que colei na basculante. Coloquei captador no ouvido e a conversa me chegou clara. Recuei até a garagem e me escondi atrás do carro. Retirei o amplificador da pasta e regulei a potência. Eu escutava com nitidez. Novo rosnado do portão e o jornalista entrou. Ele não se importava em ser discreto. Ninguém na situação dele tem esse tipo de preocupação. Toquei a coronha da pistola e aguardei o que viria.

CENTROAVANTES

São taciturnos os centroavantes. Há os que disfarçam com entrevistas irreverentes, com roupas e cortes de cabelo espalhafatosos mas, intimamente, têm consciência de sua solidão, do caminho perigoso que o futebol impõe aos artilheiros. Considerados uma linhagem em extinção, eles são cada vez mais abandonados à frente de suas equipes por esquemas preocupados em dominar o meio-campo e se defender com solidez. No passado, fumavam sem parar. Hoje, são obrigados a esconder suas baforadas temendo comprometer seu prestígio. Os centroavantes possuem um único amigo — o passe correto, o lançamento milimétrico que os coloca próximo às traves. Sua única alegria é o balançar das redes, razão de sua existência, capaz de fazer tremer os estádios com urros de alegria.

Centroavantes não possuem arquétipo. Há os rápidos, aptos a deslizar entre os zagueiros rumo à bola lançada de um ponto indefinido para fazê-la cruzar com leveza a linha mortal que ampara as traves; há os fortes e de menos recursos, mas gananciosos por gols, e seu brilho

A CICATRIZ INVISÍVEL

reside na flechada mortal dos seus chutes. Há os dribladores, os altos e os baixos. Em comum, dividem somente uma característica: o olhar.

Ninguém encara a bola como um centroavante. Sua mirada é severa, dominadora. Ao arrumá-la na grama para cobrar uma falta, pois os genuínos artilheiros são cobradores de faltas, não a acariciam. Apertam seus gomos, a esfregam no chão para mostrar quem está no comando. E seus chutes, colocados ou violentos, demonstram sua senhoria no esporte.

Os centroavantes são resistentes. Todos são fortes. Estão habituados ao choque, as pérfidas traves dos zagueiros, aos choques no ar com goleiros gigantescos. Altos, baixos, encorpados ou magros, exibem o físico apto para o embate. Suas existências nos gramados terão como testemunhas as cicatrizes nas pernas e braços, a dor recorrente, produto de uma lesão mal-curada na pressa de retornar aos gramados.

Aposentados, os centroavantes são facilmente reconhecíveis. Jamais abandonam os movimentos que caracterizaram suas vidas nos campos. Ficaram gravados no caminhar, nos gestos e, principalmente, no olhar. Em momentos precisos ele ressurge, calmo e ameaçador, pronto para executar, sem piedade, as ações necessárias, que realizarão o improvável, plasmado em um gesto que, na vida real, terá o mesmo sabor de um gol, sua única razão de viver.

FANTOCHES DO DESTINO

Desde a visita de Külbert e Edmundo, minhas horas de sono se reduziam a pesadelos ou noites despertas. Meu estômago se contraíra, e uma refeição diária era o suficiente. Somente o vinho descia com facilidade. Era meu calmante noturno. Apegara-me ao trabalho na tentativa de afastar as lembranças dos momentos com Marta, da falta que o sexo desregrado fazia, das imagens de Inarjara sendo desfigurada. Desconfiava que Edmundo ansiasse por "me dar um trato" antes de alguém terminar o serviço, na hipótese de eu não entregar as malas. Ou ele mesmo o faria, se me esmurrar começasse a aborrecê-lo. Depositara toda esperança no detetive baixinho que Velasquez indicara. Ele percebera que eu escondia a verdadeira razão do meu problema. Tentar enganá-lo foi mais uma prova da minha ingenuidade. A mesma da qual Marta tirou proveito. Eu não era o homem frio e seguro que me considerava. Foi nesse momento que me dei conta do quanto eu me perdera desde que a reencontrara.

A jovem que exalava soberba se transformara numa

A CICATRIZ INVISÍVEL

criatura monstruosa incapaz de sentir remorsos. O desejo me cegara ou eu escancarava alguma fraqueza que me tornou a vítima ideal para aquele tipo de golpe? O medo e a revolta se misturavam. Desejava ser capaz de matar, de saber como agir, de possuir a destreza profissional de Edmundo.

O detetive Osório me obrigou a contar a verdade. Falei o que imaginava que lhe interessaria. Revelar a própria estupidez é doloroso. Ele era perspicaz, aceitou minha versão sabendo que era enganado. Disse que estaria preparado. Marta, ela não estava só. A mulher que a acompanhava devia ser Inarjara, mas o homem da cadeira de rodas eu não imaginava quem era. Haveria mais alguém? Eu poderia ligar para Külbert, passar o endereço e esperar que Edmundo fizesse uma visita. Mas o executivo não queria se envolver. Era uma maneira de me punir. Ao menos inicialmente. Meu futuro não poderia ser mais incerto. Eu estava marcado. A ferida mal cicatrizara, mas eu já sentia a marca em minha pele. Estava lá, móvel, mas profunda, invisível a quem não experimentara uma situação como a minha.

O encontro na estação rodoviária fora patético, mas não havia alternativa. Precisava rever Marta e continuar vivo. Ele me passou o endereço e combinamos nos encontrar na primeira quadra transversal a rua. Não conhecia a parte sul da cidade além do estádio de futebol que ficava próximo ao rio e me perdi várias vezes antes de chegar ao endereço correto. Era uma rua de casas malcuidadas, um pedaço decadente incrustado em um bairro nobre. Estacionei e fiquei à espera do detetive.

Ele não demorou para aparecer e estacionou o carro no outro lado da rua. Carregava uma pasta. Quis saber o que ele trazia. Descreveu o conteúdo, mas eu desconfiei da sua sinceridade. Combinamos que ele se esconderia na garagem da casa. De lá poderia ouvir um pedido de socorro e agir. Esperei dez minutos, conforme combinado, e caminhei ao encontro do meu destino. Na frente da casa, verifiquei outra vez o número, empurrei o portão enferrujado e entrei. Uma claridade esparsa fugia da peça dos fundos. O restante da casa estava às escuras. Segui pelo corredor lateral. Uma basculante cortava a parede da última dependência da casa. Cruzei-a, subi os dois degraus à minha frente, baixei a maçaneta com força e entrei.

A claridade amarelada das lâmpadas presas ao teto desnudava paredes de madeira manchadas em vários lugares. Em outros, a pintura descascava. A mobília se reduzia a um fogão, uma geladeira e a uma pia de granito corroído pelo tempo. Próxima à basculante havia uma mesa com quatro cadeiras e, no canto oposto, dois armários suspensos na parede. Marta Regina estava sentada à mesa. Inarjara ficava ao seu lado, os óculos escuros disfarçando parte do inchaço e das marcas arroxeadas que desfiguravam seu rosto. Ao lado delas, sentado em uma cadeira de rodas, havia um homem que eu não conhecia. Os cabelos que lhe sobravam caíam até os ombros num misto de fios brancos e escuros. O lado direito de seu corpo pendia para fora da cadeira, como se pesasse em demasia. O mesmo acontecia com o rosto. A boca estava deslocada do centro da face, o lábio entreaberto num dos cantos e o olho tinha a pálpebra caída, dando a impressão de estar sempre fechado. Ele era alto e magro e, antes de ficar naquele estado, aparentava ter sido forte. Sobre a mesa havia xícaras que deviam conter café, e um pacote de bolachas. Marta ergueu-se ao me enxergar, mas a expressão assustada logo deu lugar à sua aparência

135

A CICATRIZ INVISÍVEL

tradicional. Inarjara não sabia o que fazer e permaneceu imóvel. O homem da cadeira de rodas pronunciou um muxoxo que no momento me pareceu um esforço para falar meu nome.

— O que tu quer aqui? — perguntou Marta.

— Tu sabe o que eu quero. As malas com o dinheiro.

— Nada daquilo te pertence. Vai embora.

— Se eu for, vou passar o teu endereço para Külbert. Aí ele vai mandar o capanga dele vir falar contigo. A tua amiga pode confirmar que ele é um tipo de poucas palavras. Tu quer ficar com a cara igual à dela? Ou, quem sabe, terminar de um jeito ainda pior?

Naquele momento, imaginei se a violência de Edmundo se restringira ao rosto de Inarjara. Ele tinha carta-branca de Külbert. O homem agitou-se na cadeira balbuciando sons desconexos e movimentou o corpo de tal forma que pensei que ele iria despencar do assento. Marta foi até ele e disse em voz baixa:

— Calma, João, vai ficar tudo bem. Como nós planejamos.

Escutei o nome e esquadrinhei a face deformada. Comparei aqueles traços com os que guardava na memória e um calafrio desceu pelo meu corpo.

— Teus planos deram errado. Me entrega as malas e sai dessa história viva. Aqueles caras não brincam.

— Eu também não. Tu acha que me submeti a tudo isso por nada? Pra desistir só porque tu me encontrou? O que tu vai fazer? Me forçar, me dar umas porradas?

Ela sabia que eu não era violento, mas minha vida estava em risco e, para me salvar, eu seria capaz de tudo.

— Nem vou precisar fazer isso. Ainda mais porque sei que tu gosta de apanhar.

— Como tu sabe que eu não estava fingindo?

Não respondi de imediato. Olhei para ela e pela primeira vez senti raiva de Marta Regina.

— Além do mais, tu acha que o Külbert não colocou ninguém para me seguir? Eu fiz apenas o trabalho sujo, que foi te encontrar. Para o resto, ele não vai esperar muito.

— Como me tu me achou?

— Tu não é tão esperta quanto tu te acha. Roubar da maneira que tu roubou e ficar na cidade, por que tu não foi embora?

— Eu é que não sou esperta? Não dá pra imaginar?

Claro que eu imaginava. Ela não podia movimentar o dinheiro de imediato. E fugir com ele era muito arriscado. Ela não se programara para esse passo.

— Isso não tem mais importância. Teu plano deu errado. Devolve o dinheiro e salva a tua vida. E as destes outros.

— E a tua não?

— Se tu não me devolver o dinheiro, eu vou te entregar. E eles conseguem arrancar qualquer segredo. Como tu acha que chegaram até mim?

Marta virou-se e Inarjara retrucou:

— Eu não falei nada — ela adiantou-se, mas a resposta soou algo como "eu ão alei ada". Os lábios estavam inchados, faltavam vários dentes em sua boca e provavelmente o nariz fora quebrado.

— Não disse que tu não era tão esperta assim?

O homem agitou-se novamente na cadeira de rodas, deslocando-a levemente. Marta foi até ele e acariciou-lhe o rosto.

— Calma, João. Está tudo bem. Nós vamos ficar bem.

Olhei para o sujeito e falei sem me dar conta:

— João Antônio?

A CICATRIZ INVISÍVEL

Ele me fitou e respondeu com um resmungo, mas o olhar expressava claramente seus sentimentos.

— Nem todos têm a tua sorte — argumentou Marta Regina.

— O que aconteceu? — perguntei olhando para aquele ser retorcido que um dia fora meu melhor amigo de adolescência.

— O João sofreu dois derrames em menos de um mês. Quase morreu. No começo, ele nem mesmo conseguia sentar.

— Quando foi isso?

— Vai fazer seis anos no final do mês.

O cheiro do café se misturava ao das baganas de cigarro que transbordavam de um cinzeiro, no assoalho havia resquícios das marcas dos pneus da cadeira de rodas. Olhei para aquele ser abatido e recordei o meu melhor amigo de juventude, o confidente de toda uma vida. O único segredo que nunca lhe confiei foi o meu desejo por sua namorada.

Puxei uma cadeira e sentei em frente a João Antônio. Nos encaramos e mais uma vez seu olhar me fuzilou.

— João, há quanto tempo! Eu não podia imaginar que...

Ele se inquietou na cadeira, e os ruídos que pronunciava soavam cada vez mais furiosos.

— Não deixa ele ainda mais agitado! — disse Marta.

Fui até a janela e olhei a rua deserta, a névoa se dissipando lentamente. Um vento leve e gelado se infiltrava pelas frestas da basculante e falei, contemplando nossos reflexos distorcidos na vidraça empoeirada:

— Entrega as malas e cada um segue o seu caminho.

— Agora é tu que tá sendo ingênuo. Tu acha que eles vão simplesmente pegar o dinheiro e deixar a gente em paz? Todo o mundo aqui sabe demais. E esses caras não podem se dar ao luxo de confiar. Entendeu? Agora não tem mais volta. Estamos todos juntos — desafiou Marta enquanto abraçava João Antônio, que adormecera, esquecido da sua ira.

— Como tu chegou a este ponto? O que aconteceu para tu acabar envolvida nesta sujeira?

— Tu quer mesmo saber?

Fiz um aceno com a cabeça e Marta afastou-se de João Antônio antes de iniciar a narrativa num tom quase sussurrado, como se temesse despertar aquela criatura já tão abalada ou evocasse lembranças dolorosas.

— O João e eu passamos no vestibular logo após terminarmos o segundo grau. Mas disso tu ainda deve te lembrar. Só que eu não consegui o curso de Medicina, e sim Enfermagem. O João passou para Engenharia, que era a primeira opção dele. No primeiro semestre tudo foi muito bem. Estávamos entusiasmados, tiramos boas notas e parecia que o curso superior repetiria os anos de preparação. Aí o João fez uma coisa que eu pensei que ele nunca faria: começou a fumar maconha. Ele nunca tinha fumado um cigarro normal na vida. Foi jogar futebol com uns colegas de curso, eles fumavam, ele experimentou e nunca mais largou. Um ano mais, ele havia passado para a cocaína e a gente abandonou os cursos. De um momento para o outro aquilo deixou de fazer sentido pra nós. Eu provei algumas vezes, mas nunca fiquei viciada. Agora, os nossos planos para o futuro, a vida que a gente tinha sonhado, foi tudo esquecido. Fomos morar juntos. Nossos pais não aprovaram, mas a gente foi mesmo assim. Os meus nunca foram me visitar. O João arrumou um emprego num banco e eu em uma clínica. Auxiliava as enfermeiras. Aí ele começou a experimentar outras

139

A CICATRIZ INVISÍVEL

drogas. O problema era o custo de tudo aquilo. A gente mal ganhava para se sustentar. Mas o João, como sempre, arrumou uma saída. Ele conseguia novos clientes para o traficante e ganhava sua comissão em drogas. Um dia, o cara sumiu. O João quase enlouqueceu. Não conhecia mais ninguém naquele negócio e, de uma hora para a outra, ficou sem fornecedor para o seu próprio consumo e também para abastecer os seus clientes. — Marta suspirou e me olhou por algum tempo.

— E aí, o que aconteceu?

— Um dia um cara apareceu lá em casa. Falou com o João e disse que era o novo contato de fornecimento dele. Quando o João perguntou o que tinha acontecido com o outro cara, o sujeito respondeu que ele fora "desligado". Não demorou pra gente descobrir que o João fora promovido. Aquele cara era o verdadeiro distribuidor. O João abandonou o emprego no banco e se dedicou a ampliar seus clientes. Não demorou para o dinheiro começar a entrar. Saímos do nosso apartamento de quarto e sala num prédio antigo no centro da cidade e mudamos para um maior, em um bairro calmo. O João ficou com o antigo alugado para fazer de ponto de recebimento e entrega.

— Ele nunca foi pego? — perguntei.

— Nunca. Sempre foi cuidadoso e tinha um pessoal da polícia que ele pagava para proteção.

— E depois? Continua!

— Ganhamos muito dinheiro. Compramos um apartamento novo, nossos pais aceitaram a situação e tudo ia bem. O João arrumou um emprego de fachada como corretor de imóveis e o arranjo parecia perfeito. Foi nessa época que ele descobriu o negócio do futebol. O João nunca deixou de jogar bola. Tinha uma turma que se encontrava duas vezes por semana. Um dia ele voltou

140

e me contou que conhecera um cara que era dirigente de um clube. Não era o Külbert; este apareceu mais tarde. O cara puxava fumo. O João começou a fornecer pra ele. Foi aí que tudo começou. O sujeito ganhava dinheiro comprando e vendendo jogadores. E, além disso, tinha sempre um empresário metido no negócio. O cara também levava dinheiro deles. Ele precisava legalizar aquela grana. O João começou a "comprar notas e recibos" para o cara, comprovando despesas e rendimentos. Foi um sucesso. Logo ele ofereceu o esquema para os traficantes. Dessa vez, envolvendo o futebol. O custo era baixo para eles e o serviço não deixava rastros. O João sempre disse que o futebol é o negócio mais ilegal que ele conhecia. Tudo era possível. Uma espécie de caminho sem fim. A lavagem de dinheiro era tão lucrativa que ele quase largou o tráfico. Nós viajamos, passamos verões em praias do Nordeste, tudo ia bem. Aí o Külbert apareceu.

— E tudo ficou ainda melhor, não foi?

— No começo, foi o que eu e o João pensamos. O cara já era conhecido e fazia um trabalho que vocês jornalistas chamavam de revolucionário.

Lembrei das matérias a respeito de Külbert, dos elogios àquela aparente mágica tanto administrativa quanto financeira. Time e clube prosperavam à sombra do trabalho do executivo inovador. Naquele momento João Antônio despertou, o olhar enraivecido em busca de Marta, os ruídos incompreensíveis expressando a angústia da sua condição. Marta foi até ele e acariciou-lhe o rosto, depois os cabelos, por fim acendeu um cigarro que colocou no lado esquerdo da boca de João, em que ainda restava alguma coordenação. Ele tragou, soltou a fumaça pelas narinas, a cinza avermelhada crescendo na ponta do cigarro. O fumo o acalmou e, por um momento, reconheci traços

A CICATRIZ INVISÍVEL

do meu amigo naquele rosto transtornado.

— E depois? — perguntei.

— No começo a gente achou que ele era mais um aproveitador atrás de lavagem de dinheiro. Mas Külbert tinha ideias maiores. Ele é a ponta de um esquema que envolve dirigentes de federações, árbitros, jogadores e até mesmo jornalistas. É impossível que ninguém suspeite de nada.

Tive vontade de dizer que há suspeitas que não proliferam, e que notícias ruins a curto prazo podem danificar um negócio lucrativo de muitos anos. O jornalismo tem seus limites.

— Como vocês conheceram Külbert?

— Foi a Inarjara quem nos apresentou ele. Ela tinha sido uma cliente e depois distribuidora de pequenas quantidades de droga. O João sempre simpatizou com ela. Mas não pense bobagens. O João sempre foi só meu.

João esboçou um sorriso enfumaçado ao ouvir a declaração de Marta. Pensei em retrucar que não se podia dizer o mesmo dela, mas preferi me calar.

— Foi aí que o padrão se inverteu. Külbert passou a controlar o fluxo de dinheiro e a exigir deságios cada vez maiores. Como nossos fornecedores não gostavam de ceder, as negociações ficaram muito mais difíceis. O João, sempre irritado, se afundava nas drogas. Com o tempo elas tinham se tornado um brinquedo para ele. Usava raramente. Mas o medo de perder aqueles lucros e a vida que a gente tinha agitaram ele de um jeito que só a droga era capaz de acalmar. Então ele ficou doente. Caiu na rua. Levaram ele para o pronto-socorro. Um lado do corpo parecia ter ido embora. Mas ainda conseguia falar. Eu coloquei ele no melhor hospital da cidade. Chamei os melhores médicos. No começo, não olhei para as despesas. Não pensei em Külbert nem nos traficantes. O João teve alta, voltou para casa e as despesas continuaram com fisioterapeutas, enfermeiras, os remédios; enfim, todas essas coisas que acompanham uma doença. O resultado foi que seis meses depois a reserva que o João fizera em dólares e euros estava reduzida à metade. Eu acompanhava os negócios, sabia onde estava o dinheiro, mas não conhecia os detalhes das operações. Os traficantes, eu conhecia apenas alguns, e assim mesmo de recepções e algumas festas. Acredite, existe uma vida social nesse meio. Só que eu nunca tratara de negócios com eles.

— Ninguém procurou pelo João durante a doença?

— Só a família. Minha mãe e o pai do João já tinham morrido. Mas o pessoal dos negócios não apareceu. Então o João teve um novo derrame cerebral. Quase morreu. Passou semanas internado na CTI.

Marta olhou para o homem na cadeira de rodas e pude ver que havia cumplicidade entre eles. O cigarro estava no fim. Num movimento descoordenado, João estendeu a bagana para Marta, que a esmagou no cinzeiro lotado.

— Continua — eu disse.

João murmurou algo incompreensível e Marta levantou-se, foi até um dos armários e voltou com um caderno e um lápis.

— Ele quer escrever.

Marta aproximou a cadeira da mesa e João contorceu o corpo, empunhou o lápis tentando desenhar as letras vagarosamente. O esforço foi inútil. Gotas de suor apareceram em sua testa. Recostou-se na cadeira e adormeceu outra vez. O silêncio reinou no ambiente, mas desta vez eu não necessitei instigar Marta a continuar.

— A nossa reserva começou a terminar. Vendemos o

A CICATRIZ INVISÍVEL

apartamento e voltamos para o centro da cidade. Mas o João não podia mais traficar. E eu não sabia como fazer. Comecei a ficar desesperada, não tinha como arrumar dinheiro. Meu pai chegou a ajudar nas despesas da casa por um tempo. Então encontrei Külbert na rua. Ele sempre me olhou com desejo. Perguntou pelo João. E depois me convidou para um café. Disse que precisava de um agente para pequenas quantias, alguém para "justificar as comissões que, por contrato, estava autorizado a receber". Claro, os valores reais que ele manipulava eram muito maiores que os contratuais. Com o tempo, fiquei sabendo que ele passara a ter contato direto com os traficantes e reorganizara a operação de lavagem de dinheiro. Agora todos os lucros eram dele e dos envolvidos no esquema para controlar os resultados dos jogos e as compras e vendas de jogadores. Comecei a trabalhar para o Külbert usando os contatos do João que aceitaram fazer negócios comigo. Encontrei Inarjara na rua um dia e não demorou muito para ela também entrar no esquema do Külbert. Fizemos alguns negócios juntas. Külbert tentou me seduzir, mas eu jamais dei abertura a ele. Para me pressionar, começou a diminuir os valores das comissões, esperando que eu cedesse como a Inarjara fez. Foi aí que eu e ela pensamos em armar um golpe, juntar uma boa quantia e sumir.

— E por que tu me escolheu para bobo da corte?

— O plano original não era esse. Eu queria alguém do meio que pudesse me ajudar, talvez ser até mesmo minha testemunha. Eu e a Inarjara diríamos que fomos roubadas e tu testemunharia a nosso favor. Ninguém seria prejudicado. O João às vezes lia as tuas colunas no jornal e te achava ingênuo. Dizia que, mesmo estando tanto tempo no ramo, tu não enxergava nada. E um dia ele me falou que tu não conseguia disfarçar, nos tempos do colégio, o tesão que tu sentia por mim. Foi assim que eu te escolhi. O plano era me passar por mulher do Külbert, te envolver, depois roubar o dinheiro. Quando desconfiassem de mim, tu testemunharia que a gente tava junto naqueles dias e que eu não tinha feito nada que tu não soubesse. Mas as coisas deram errado e eu resolvi encerrar tudo de uma vez.

— O que foi que deu errado?

— Külbert, que é um sujeito cuidadoso, começou a desconfiar. As quantias de dinheiro para trocar com os traficantes e a lavagem por recibos diminuiu. Aí ele voltou a dar em cima da Inarjara, tentando arrancar alguma coisa dela. Então eu precisei agir ligeiro. Primeiro com a sacola que te pedi para guardar. Como tu caiu na conversa, a gente resolveu arriscar com as malas. Foi a maior quantidade de dinheiro que o Külbert negociou com a gente em muitos meses.

— E para onde tu ia?

— Para o Uruguai. Os pais da Inarjara têm uma pequena fazenda lá. A gente ia ficar escondida por uns tempos, depois dividir o dinheiro e cada uma ia cuidar da sua vida.

— O João estava de acordo? Ele sabia de tudo?

— Até um ponto sim. As coisas não eram para ir tão longe — disse Marta olhando para Inarjara. — Eu também me deixei levar.

Ficamos em silêncio enquanto João Antônio ressonava. De que adiantaria saber mais sobre os planos ou o passado daqueles dois? Tudo que eu precisava era recuperar o dinheiro e terminar de vez o meu envolvimento com eles. Mas eu não consegui me controlar. Precisava sentir todo o peso da minha ingenuidade.

— E por que tu mudou o plano?

A CICATRIZ INVISÍVEL

— Me dei conta que Külbert não acreditaria na história do roubo. Quando vimos as duas malas, resolvi sumir com o dinheiro. Inarjara diria que entregara tudo para mim, que fora enganada. Esconder o dinheiro na tua casa foi uma solução de última hora. Assim como esta casa. Aluguei de um antigo cliente. Foi tudo o que restou para ele. Troquei o aluguel por drogas.

— E o dinheiro, onde está?

Marta titubeou, mas acabou cedendo.

— No apartamento que está para alugar no teu andar.

— Onde?

— Quando resolvi roubar o dinheiro, não queria sair com ele pela rua. Há um apartamento para alugar no teu andar. Inarjara foi até a imobiliária e pediu a chave para ver o imóvel. Fez uma cópia, falsificou um cartão de corretora de imóveis e entramos juntas no prédio. Me escondi no banco de trás. Eu tinha uma cópia das chaves do teu apartamento.

— Como tu consegiu?

— Tirei vários moldes nos sabonetes dos motéis em que nós fomos. Conheço um chaveiro muito talentoso. Ele me entregou três conjuntos. Um deles serviu perfeitamente.

— E como vocês sabem que ninguém vai entrar lá, outra pessoa interessada em alugar o apartamento, e levar as malas?

— Eu aluguei o apartamento e troquei o segredo da fechadura — disse Inarjara e a frase soou "eu auei u apartaentu i oquei u egredu da echaura".

— Vamos até lá. Quero pegar o dinheiro agora.

Marta não respondeu. Ela e Inarjara trocaram um olhar e eu temi alguma surpresa. João se moveu, balbuciou um som incompreensível e voltou a ressonar.

146

— Existe alguma chance de melhora para ele? — perguntei.

— Nenhuma — respondeu Marta. — Os derrames o incapacitaram para sempre. Não devia fumar, mas é o último prazer que ele ainda tem. E ao menos o fumo deixa ele mais calmo.

— Vamos indo.

— Tu ficou louco? Sem aquele dinheiro o que eu vou fazer na vida? E, além de tudo, não posso ficar aqui.

— Tu não tem opção. E mesmo se tu tentar te livrar de mim, Külbert e Edmundo vão vir atrás de ti. Sou tua única saída. Se eu entregar o dinheiro rápido tu vai ter tempo pra fugir.

— Para onde?

— Vocês não iriam para o Uruguai? É isso ou no mínimo ficar como a tua amiga. Tu não vai ficar com o dinheiro.

— Mas como vou viver?

— Não tenho dúvida que tu vai dar um jeito. E, além disso, o João tem mais alguém para cuidar dele?

Ela olhou para o companheiro e não consegui definir quais sentimentos aquela mirada revelava. Marta fitou Inarjara, depois o assoalho e por fim cedeu.

— Vamos de uma vez.

Ouvi um ruído no pátio e temi o pior. Soava como passos leves, mas apressados. Fui até a basculante e não detectei movimento algum. Minha esperança era que o detetive Osório estivesse atento. A claridade opaca levantara a neblina, fixando o dia nublado. Olhei para João Antonio sem identificar meus sentimentos. Um dia ele fora meu melhor amigo, o único que eu tive na vida. O quanto ele sabia dos planos de Marta e Inarjara? Deduzi que para ele nada mais na vida fazia diferença. O tempo

A CICATRIZ INVISÍVEL

e as circunstâncias transformam as pessoas. Ninguém estava imune. Virei as costas e saí acompanhado de Marta Regina. Não vislumbrei ninguém. O pátio e a rua estavam desertos.

Ficamos em silêncio no trajeto até o prédio onde eu morava. Marta com a cabeça encostada ao vidro da porta do carro, eu fingindo concentração no trânsito. Ela já provara do que era capaz. Tentava ganhar tempo, ou teria um cúmplice que eu desconhecia? Inarjara faria um telefonema e alguém nos esperaria no apartamento. Eu seria dominado e eles fugiriam. Deixei o carro na garagem e, antes de tomarmos o elevador, fingi chamar a portaria via o telefone interno. Deixei que ela ouvisse que eu autorizava a entrada do detetive Osório.

— Foi assim que tu me achou? Contratou um detetive particular?

Não respondi. Queria que Marta pensasse que eu não estava só.

Paramos em frente ao apartamento que ainda ostentava a placa da imobiliária com o anúncio de aluguel. Marta retirou uma chave da bolsa e abriu a fechadura. Um odor de poeira e mofo chegou até o corredor. A energia elétrica não fora ligada. Usei a lanterna do celular para ir até a janela abrir a persiana e fazer a claridade baça da rua manchar a sala. As malas estavam no primeiro quarto. Caminhei pelos demais aposentos para me certificar que não havia ninguém escondido. Tentei escutar algum barulho no corredor, mas o silêncio prevaleceu. Fechei a porta e disse:

— Abre elas que eu quero ver.

Marta hesitou, mas acabou indo até a primeira e selecionou o código da fechadura. Empurrou para os lados os botões que a ladeavam e ergueu a tampa. As notas de euros e dólares transbordaram das laterais. Repetiu a operação na outra com o mesmo resultado.

— Tá tudo aí.

Retirei algumas cédulas de cada uma das malas e entreguei-as à Marta, que as guardou na bolsa.

— Com isso vocês podem ir até o Uruguai.

— A fazenda é no interior.

— Ainda assim deve dar. Em que cidade fica?

Marta disse o nome do lugar e de como se chamava a fazenda.

— Qual é o segredo das fechaduras?

Ela respondeu, anotei no bloco de notas do celular e pedi as chaves do apartamento.

— Tu vai deixar tudo aí?

Não respondi.

— Quanto mais ligeiro tu sair, mais tempo tu vai ter de vantagem — eu disse.

— Eu queria que tivesse sido dif…

— Vai-te embora duma vez. Vou ligar para o Külbert dentro de uma hora.

Eu queria esmurrá-la e perguntar enquanto batia o que ela achava que eu era para dispor de mim daquela maneira, para jogar com a minha vida como se eu fosse um ser irrelevante, um nada incapaz de reagir. Queria apertar sua garganta enquanto perguntava se João Antônio algum dia fora meu amigo ou simplesmente se divertira com o sentimento que eu lhe dedicara na juventude e me achava um ingênuo, ideal para ser utilizado em um golpe. Em vez disso, encarei-a e cuspi no chão.

Marta virou-se, abriu a porta e saiu. Por um momento pensei em chamá-la, dizer que havia o dinheiro da sacola. Eu poderia deixar uma soma para que Inarjara colocasse João Antônio em uma clínica, nós fugiríamos e…

149

A CICATRIZ INVISÍVEL

O pensamento se esvaiu inconcluso. Existem momentos em que ele retorna para me assombrar, mas continua se dissipando incompleto. Evito pensar em Marta Regina. Se devolvi a traição praticada, ela mereceu. Mas, naquele momento, eu não sabia disso. Esperei por quase uma hora para fechar a persiana e levar as malas até o meu apartamento. Abri uma garrafa de vinho e bebi até a metade enquanto contemplava os objetos que poderiam custar a minha vida. Adormeci estirado no sofá e despertei no meio da tarde enregelado, as pernas dormentes. Arrastei as malas até o quarto, tranquei a porta e sentei na cama. Não senti o passar do tempo e dormi novamente. Despertei mais cedo do que de costume. Enquanto a cafeteira passava o café, tomei um banho, me barbeei e, após a primeira refeição do dia, liguei para um chaveiro. Ele demorou mais de duas horas para instalar as novas trancas e mudar os segredos das fechaduras.

Fui para a redação, chamei o clube para o qual Külbert trabalhava e pedi por ele. A telefonista me passou para a secretária. Identifiquei-me e fui informado que o doutor Külbert estava em uma reunião. Respondi que ligaria mais tarde. Minutos depois meu ramal chamou e eu não reconheci imediatamente a voz.

— O senhor encontrou o que estava procurando?

— Sim. Posso entregar imediatamente — respondi após hesitar. Era Edmundo.

— Passo na sua casa ao anoitecer. Fica bom para o senhor?

— Quero entregar para o teu chefe pessoalmente.

— O combinado foi que eu buscaria a entrega.

— Um pequeno favor. Depois de tudo, acho que mereço.

Edmundo desligou sem responder. Receei ter ultra-

150

passado meus limites. Não queria ter a mesma experiência de Inarjara Vargas. Tentei me concentrar no trabalho, mas o dia se arrastou, o silêncio do capanga se tornando mais ameaçador a cada hora. Na rua, olhei ao redor temendo alguma surpresa. Os carros se tornaram monstros capazes de invadir a calçada para me esmagarem com um único golpe e, enquanto dirigia para casa, a cada cruzamento, temi ser abalroado. Fiquei mais calmo após entrar no meu apartamento. Destravei a porta do quarto e removi as malas para a sala. Fui até o aposento onde estavam o computador e os livros e digitei um endereço que eu havia memorizado. Mandei imprimi-lo, dobrei a folha e guardei-a em um envelope. Fui até a sala, abri uma das malas e o coloquei sobre as notas. Olhei pela janela para descobrir a noite estampada na paisagem, o vento balançando as copas das árvores, um relâmpago distante anunciando chuva. O alarme da campainha me sobressaltou, trazendo de volta a realidade. Através do olho mágico, descobri Külbert e Edmundo parados no corredor. Para eles não havia portaria no prédio. Um ricto nervoso me cortou a boca enquanto abria a porta. Entraram em silêncio e Külbert contemplou as malas.

— Está tudo aí? — ele perguntou.

— Não contei quando recebi e não contei quando consegui de volta.

Edmundo não precisou de uma ordem para fazer o seu trabalho.

— O segredo, por favor.

Passei-lhe a sequência de números e ele examinou ambos os conteúdos. Ao encontrar o envelope, estendeu-o para Külbert.

— E isto? — perguntou o executivo.

— É uma espécie de surpresa.

151

A CICATRIZ INVISÍVEL

— Não gosto de surpresas. Além disso, esta história já foi longe demais. Espero que não esteja faltando nada. Se estiver, alguém vai pagar a despesa.

— Essa é a razão do envelope estar aí. — Külbert leu o conteúdo do sobrescrito e me encarou. — Para mim esta história também foi longe demais. Estou cansado de ameaças. O que podia fazer eu fiz, o resto é com vocês — eu disse, tentando fingir indignação para esconder o medo.

— As coisas não são assim tão fáceis — replicou Külbert.

— Para nenhum de nós. Imagine se os seus associados ficarem sabendo que duas putinhas traficantes e um aleijado roubaram um valor destes debaixo das barbas de vocês. Ia ficar ruim para o futuro, não é mesmo?

Não sabia de onde vinham aqueles argumentos e a aparente frieza, se é que eu aparentava alguma. Estávamos todos em pé, as malas abertas, maços de dinheiro rolando pelo chão. Edmundo tinha o olhar perdido em algum ponto da paisagem, Külbert me encarava com uma expressão quase divertida, como se pudesse quebrar minha vontade a qualquer momento sem o menor esforço.

— Tu aprendeu rápido, não é mesmo?

— Só quero retomar a minha vida.

— Respondendo à tua pergunta sobre o que ficaria mal ou não, sempre se pode contar uma outra verdade e colocar a culpa num jornalista metido que notoriamente não gosta de dirigentes de clubes de futebol.

— O envelope serve para isto. E livra o jornalista.

— Tu sabe muito a respeito dos negócios agora. Isso é perigoso. Não tenha coceira na língua.

— Não vou ter. Essa parte do esporte não me interessa. Pra falar a verdade, nem sei mais quanto o esporte me interessa. Como disse, só quero terminar com isso de uma vez e retomar a minha vida.

— Não posso prometer nada — disse Külbert. — Tudo vai depender do teu comportamento.

— A única coisa que quero de todos os envolvidos nesta história é distância. Só isso.

Não houve resposta. Külbert colocou o envelope no bolso interno do paletó, Edmundo apanhou o dinheiro no chão, ajeitou-o nas malas, fechou-as, e eles saíram em silêncio. Tranquei a porta e abri uma garrafa de vinho. Tomei os primeiros goles para afastar o medo e os maus pensamentos. Repetia que a advertência de Külbert fazia parte do jogo, pois no mundo dele não existiam elogios. O mais importante era ser novamente dono do meu destino. Ri desse pensamento. Os acontecimentos dos últimos meses provavam que não comandamos nossa sorte. Meu único desejo era ter a vida que construíra de volta. Terminei a garrafa e fui dormir, a mente entorpecida de álcool.

Semanas se passaram e o campeonato experimentou uma nova reviravolta, com os favoritos voltando aos primeiros lugares da tabela, levando a decisão para as últimas rodadas. Cobri partidas, participei de programas de rádio, de televisão e escrevi colunas no jornal. A rotina construída durante muitos anos. A diferença era minha percepção dos fatos. Os dribles e as jogadas ainda entusiasmavam, os movimentos das equipes no campo instigavam, mas nos resultados inesperados, nos gols infantilmente perdidos eu via a ação de Külbert e seus associados. Sabia que o futebol é um jogo de erros, de falhas, sem eles todas as partidas acabariam empatadas. Mas eu já não era a mesma pessoa. Voltei a escrever ficção. Contos que eu não mostrava para ninguém, temeroso do elogio tíbio

A CICATRIZ INVISÍVEL

que acompanha a produção de qualquer um que possui alguma notoriedade.

O clube que Külbert administrava não venceu o campeonato, mas classificou-se para o torneio continental. Os resultados haviam sido normais, nenhum jogador tivera atuações abaixo ou acima do potencial. E, mesmo o futebol sendo incoerente, na maioria dos jogos vencem os melhores. Abstraí esses pensamentos e me preparei para o fim da temporada. Era o momento de escolher os melhores do ano, fazer projeções e aproveitar ao máximo os espaços ampliados que as edições dessa época do ano concediam ao setor de esportes.

Trabalhei em matérias especiais, refleti em comentários sobre aquele ano esportivo e escrevi, ainda que não soubesse, minha última crônica sobre futebol.

AS NOVIDADES DO FRONT

A temporada mais uma vez chega ao fim demonstrando que o futebol, definitivamente, não é para ingênuos. Campeões e rebaixados têm, a partir da meia-noite de hoje, uma nova vida pela frente. Virtudes e pecados são postos de lado na busca de redenção ou de glórias ainda mais altas. Todos se acreditam capazes de construir uma nova vida.

No próximo ano, os jogadores voltarão das férias para seus clubes de origem ou para suas novas casas e o passado não importará mais. Tudo será novo. As equipes do interior sonharão com o campeonato regional; os grandes, com os torneios nacionais e continentais, fingindo desprezar o título de seu estado, apesar de muitos saberem ser este o único que podem almejar.

Muitos recomeços tentarão imaginar qual será o seu final. A luta contra o rebaixamento, o caixa sempre apertado que atrasa salários e obrigações fiscais, o desespero ao contratar um jogador ou técnico muito acima de suas posses no derradeiro esforço para escapar do abismo.

A CICATRIZ INVISÍVEL

Nada importa. No início da temporada há sempre esperança. Mesmo onde ela não existe. Essa é a mágica do futebol. Ele imita a vida. O menino saído da periferia desassistida torna-se astro, milionário; em pouco tempo jogará na Europa, de onde voltará rico e semi-aposentado para encerrar a carreira em um dos grandes clubes do país. E há também os talentos não confirmados ou, pior ainda, desperdiçados por falta de preparação pessoal. Pouco importa. Amanhã a vida recomeça. Perdedores conseguem se tornar ganhadores; primeiros, últimos, com a nova vida que se inicia. O futebol tem sua roda da fortuna particular.

Os fogos de artifício não iluminam apenas o espaço, mas os corações de todos. Os envolvidos com o futebol não são diferentes. Nos próximos dias os noticiários se encherão de suspeitas a respeito de contratações, possibilidades de trocas de jogadores e especulações sobre o futuro de times e clubes. A aspereza da realidade será posta de lado. Para cada dificuldade se buscará uma solução; para cada deficiência se projetará um esforço extra.

Pelos estádios, urros de raiva e júbilo extravasarão emoções enquanto a sorte dos envolvidos estiver se decidindo. E assim, esta existência paralela que todo torcedor apaixonado vive, correrá ao longo do ano. Glória e infortúnio caminharão juntos cortejando times e profissionais, aguardando serem escolhidos por um e outro na nova temporada. Mas à meia-noite de hoje tudo será possível. Preparem-se. A bola vai começar a rolar.

(Coluna publicada na edição de fim de ano, no caderno dedicado ao esporte.)

Aceitei o convite para a comemoração de encerramento de temporada em um clube da cidade. Atletas e envolvidos nas várias áreas do esporte estariam presentes. Não sou adepto de confraternizações, principalmente nessas datas, mas resolvi que aquele fora um ano digno de celebração. Eu poderia não ter alcançado o seu final. Temi encontrar Külbert, o que não aconteceu. Seu nível para celebrações deveria ser vários degraus acima. Não penso que ele se importava com quem dividia o ambiente, mas avaliava a conveniência do momento. Külbert era o sacerdote do seu próprio altar. Eu conhecia o sentimento. Fora preciso a cicatriz, com sua marca rugosa que somente eu enxergava, para exibir a minha verdadeira dimensão. A vez de Külbert chegaria? Não há como afirmar. Na realidade, ao contrário da ficção, muitas vezes o crime compensa. Minha única certeza é que pagaria para sempre o preço da minha vaidade. Busquei afastar aqueles pensamentos procurando um rosto conhecido e me deparei com Nicanor Ferreira, conhecido como Nique, diretor de redação de um jornal de média circulação na cidade.

— Faz tempo que não falamos — eu disse.

— Muito tempo. Como andam as coisas?

O que poderia dizer? Eu sobrevivera, e os sobreviventes têm uma resistência insuspeita. Desde a entrega das malas para Edmundo e Külbert, nada mais me parecia digno de atenção. Continuar vivo era fundamental. Se me contavam um problema ou uma desilusão, minha vontade era responder que eles não sabiam o que era um problema verdadeiro. Só quem correra o risco de perder a vida o conhecia. Por isso, nenhum desafio é maior que manter-se lúcido, que enfrentar a eminência da morte e escapar para depois poder contar sua história. Eu agora entendia os que enlouquecem, mesmo sabendo que ja-

A CICATRIZ INVISÍVEL

mais seria um deles. Assim, não respondi à pergunta de Nique. Falei sobre o futebol e minhas últimas leituras. Um lance de sorte?

— Falando em livros, estou procurando um editor para o nosso Segundo Caderno e para a parte cultural de nossa edição na internet.

— Vou enviar meu currículo — eu disse.

— Tu deve estar brincando. A vaga não paga o mesmo salário que um cronista esportivo ganha. Isso sem falar na repercussão profissional.

— Posso viver com menos e, para falar a verdade, ando cansado do jornalismo esportivo.

— E por que tu não busca uma transferência interna? Tu trabalha no maior jornal do estado.

Nique pareceu envergonhado do que falara. Ele sabia que esse tipo de troca de funções praticamente não existia. Ainda mais no meu caso.

— Tu acha que não sou qualificado pro o cargo?

— Não é nada disso. Gosto do romance que tu escreveu e tuas crônicas ultrapassam os limites do futebol. Sei que tu tem cultura.

— Então?

— Tu vai correr um grande risco. Pode dar errado e aí tu desperdiçou uma carreira consolidada.

— Penso que tenho mais chances de dar certo do que errado.

Nique respondeu que precisava conversar com os outros diretores. Era uma aposta pesada para um cargo nem tão importante dentro da estrutura do jornal. Trocamos de assunto e, no decorrer da noite, nos separamos. A contagem do ano novo se iniciou e eu estava só junto a uma janela contemplando a noite quente e estrelada. Foguetes soaram, os fogos explodiram no céu e eu me desejei mais um ano. Uma vida nova. Era apenas uma troca de datas, mas podia dar certo. Referências são importantes ainda que, na maioria das vezes, nada signifiquem. Acompanhei a trilha brilhante que um rojão descrevia no céu e, durante a sua trajetória, revi rostos e situações. O ocaso das lembranças coincidiu com a visão da carta que eu colocara em uma das malas. Külbert fizera uso dela?

Minhas férias começavam naquela semana, aproveitando o intervalo da temporada esportiva. Não fui para Machu Pichu, mas para uma praia. Estava decidido a escrever. Antes passei pela rodoviária, retirei a sacola do guarda-volumes e a guardei novamente, desta vez nos armários do aeroporto. O dinheiro era uma espécie de mantra que eu recitava sem conhecer o sentido ou serventia. Mas possuí-lo me fazia bem.

**SAFRA
VERMELHA**